KB081616

내일 더 빛날 거야

내일 더 빛날 거야

초판 1쇄 발행 2024년 2월 16일

지은이_ 임백순,최지나,박경옥,강선희,우춘순,조한나,박자은,혜랑,박민하

펴낸이_ 김동명
펴낸곳_ 도서출판 창조와 지식
디자인_ 꿈이글
인쇄처_ (주)북모아

출판등록번호_ 제2018-000027호
주소_ 서울특별시 강북구 덕릉로 144
전화_ 1644-1814
팩스_ 02-2275-8577

ISBN 979-11-6003-699-2

정가 18,000원

지식의 가치를 창조하는 도서출판
www.mybookmake.com
창조와 지식

내일 더 빛날 거야

임백순

최지나

박경옥

강선희

우춘순

조한나

박자은

혜 랑

박민하

프롤로그

서울, 경기, 대전, 대구, 제주, 미국, 사는 곳이 다른 사람들이 한곳에 모여서 음식 이야기, 성장통 이야기, 꿈 이야기, 가족 이야기, 은퇴 이야기 등 다양한 이야기를 풀어냈습니다. 우리는 사는 곳도 다르고, 하는 일도 모두 다르지만 한 가지 공통점이 있습니다. 바로 오늘을 열심히 살며 나답게 살기를 추구하는 사람들이라는 것입니다.

'사람은 저마다 영혼을 품은 한 권의 책과 같았습니다'

어느 다큐멘터리 마지막 자막처럼 인생의 희로애락을 모두 감당하며 살아내고 있는 개인 개인이 풀어낸 삶에서 따스한 온기를 느껴보세요. 내일 더 빛날 거란 소망으로 반짝이는 이들의 이야기에 가슴 뛰는 경험도 하실 수 있을 거예요.

행복은 타인처럼 사는 것에서 오지 않습니다. 수많은 허물의 겹을 넘어야 자신을 정확하게 파악하고 진정한 행복을 비로소 발견하게 됩니다. 기준점을 밖에 두지 말고 안에 두어야 한다는 걸 알게 되는 것이겠죠.

삶에 지치거나 세상이 너무 거칠어 보일 때, 소박하지만 스스로 빛나고 있는 사람들의 빛의 세계로 당신을 초대해 드립니다. 이곳에서 당신과 다르지 않은 이들의 세계를 통해 자신의 삶을 떠올려 보고 당신만의 행복을 발견해 가시길 바랍니다.

공동저자 중- 임백순

차례

이야기를 품은 엄마의 레시피

임백순

임백순

세상을 살아내는 성장 에너지가 되어 정신과 육체를 풍요롭게 해주는 엄마의 손맛을 기록해 전하려 합니다. 계절마다 꼭 먹어주고 만들어 놔야 하는 음식이 있습니다. 그것은 부모님께 받은 것이고 자연스럽게 내 딸과 아들에게 스며들게 됩니다. 엄마의 밥상은 소박하지만, 어쩌면 가장 푸짐한 상차림일 것입니다. 왜냐하면 입맛에 맞는 음식들이 가득하기 때문입니다. 이야기를 품은 음식 레시피로 음식에 얽힌 삶의 맛을 나누고 싶습니다.

브런치스토리:brunch.co.kr/@back-sabella
인스타그램:@back_sabella

이야기를 품은 엄마의 레시피

엄마의 토닥임을 받고 싶어질 때
-나의 소울 푸드 간장게장

한 조각으로 느낄 수 있는 신비로운 힘
-엄마의 편강 한 조각

삼대가 음식으로 연결되면
-아들이 끓여준 굴 미역국

내 아버지만의 응원법
-마늘, 마늘장아찌

친구의 봄 마중 덕분에, 우리 집에도 이른 봄이
-냉이된장국

나만의 마들렌 조각을 만나게 된다면
-소래포구에서 만난 망둥이

정말 좋은 음식을 먹고 자랐구나
-메주, 쩜장

엄마의 토닥임을 받고 싶어질 때

나의 소울 푸드 간장게장

서해안의 작은 바닷가 마을에서 나고 자란 나는 맨손으로 게를 잡는 것이 무섭지 않다. 친구들과 놀다가도 운이 좋으면 어렵지 않게 꽃게나 박하지 한두 마리 정도는 잡을 수 있는 환경이었다. 게를 잡다가 집게발에 물려 피를 몇 번 본 뒤로는 다치지 않고 잡는 방법을 터득했다. (집게발과 가장 먼 곳, 생식기 쪽을 꽉 잡으면 물릴 염려가 없다) 썰물이 질 때 미처 되돌아가지 못한 꽃게는 물이 들어찬 웅덩이에서 만날 수 있었고, 박하지는 얕은 물이 흐르는 작은 바위들을 배꼼히 들어 올려 잡으면 그 맛이 짜릿했다. 그때의 추억 때문인지 어시장에 가면 많은 바다생물 중에 게가 가장 반갑다.

고향에서는 간장게장이 아주 흔한 음식이다. 엄마께서는 게가 잡히는 시기에 따라 꽃게, 박하지, 농게, 능쟁이 등 다양한 종류의 게장을 담가주셨다. 꽃게는 1년에 두 번, 봄과 가을이 꽃게 철이다. 암꽃게는 4~6월이 제철로 이때는 주황빛 알이 꽉 들어찬 먹음직스러운 게장을 만날 수 있다. 수꽃게는 9~11월에 많이 나는데 이때에는 암꽃게보다 수꽃게가 살이 더 통통하고 단맛이 난다. 게장을 담가놔도 게딱지에 알은 없지만, 몸통에 살이 많아서 수꽃게 장도 밥도둑 역할을 충분히 한다.

게 중에서도 가장 사나운 박하지는 꽃게처럼 봄, 가을에 많이 볼 수 있다. 성질이 포악해서(물론 자신을 지키는 방법이다) 가까이 손을 뻗으면 양다리를 들어 올려 물어버릴 듯 공격 태세를 취한다. 실제로 박하지를 잡다가 자주 피를 봤다. 빠르고 힘이 좋은 박하지는 게장을 담가놓으면 살의 탄력이 좋아 씹는 맛이 좋다. 다만, 껍질이 단단해서 이로 발라먹기엔 무리가 있다. 엄마께서는 박하지 게장을 상에 낼 때 항상 집게발을 깨서 먹기 좋게 만들어 주셨다.

더위에 입맛을 잃어갈 무렵엔 농게장과 능쟁이장이 밥상 위에 오른다. 갯벌의 진흙 바닥에 구멍을 내고 사는 이들은 자기 몸통보다 큰 왕발을 가진 농게와 그보다 조금 작은 납작한 능쟁이. 작은 게들이지만 게장을 담가놨을 때 특히 감칠맛이 좋다. 게딱지에서 나오는 천연 조미료 맛 때문인지 식감은 큰 게에 비해 부족하지만, 입안을 가득 채우는 바다 향에 한두 마리 정도면 죽은 입맛을 살려놓는다.

고등학교를 진학해서 집을 떠나왔을 때야 간장게장이 특별하고 자주 먹을 수 없는 음식 아니, 거의 먹기 힘든 것임을 알게 됐다. 그때부터인 것 같다. 그 어떤 산해진미가 있어도 나의 첫 젓가락은 으레 간장게장으로 향한다. 아이들을 임신했을 때는 머릿속에서 '간장게장'이라는 네 글자와 이미지가 떠나지 않아서 못 참겠다 싶을 때마다 엄마에게 달려갔다. 보통 임신했을 때는 음식을 가려먹는다. 게장은 날것이라 식중독 위험이 있고, 태교를 생각해서 많이 먹으면 아이의 뼈가 일찍 닫힌다고 하니 그나마 자중을 한 것이다. 그 와중에도 우리 아이들은 뱃속에서부터 게장 맛을 알아 버렸는지 간장게장을 무척 좋아한다.

엄마가 없는 지금도 고향에 갈 때마다 현지인 추천 간장게장 맛집을 빼놓지 않고 방문한다. 흰 쌀밥 위에 알을 품은 꽃게 장 한입이면 2시간 넘게 달려간 보람을 느낄 수 있는 순간이다. 그마저도 힘들 땐, 아이들 입맛까지 고려해 만든 나만의 레시피로 엄마의 간장게장을 흉내 내어 담가 먹는다. 다행히 세월이 흐를수록 엄마의 간장게장 맛과 얼추 비슷해지고 있다.

꽃게 중간 크기 4~5마리 기준(종이컵 계량)으로 간장게장을 담근다면, 제일 먼저 할 일은 산 꽃게를 깨끗이 닦아 냉동실에 1시간 이상 얼리는 것이다. 그랬을 때 게장을 담가놓으면 통통한 꽃게 살을 온전히 즐길 수 있다. 청양고추, 홍고추, 마늘 각 10개 정도를 적당한 크기로 어슷하게 썬 다음 씻어 놓은 게 위에 뿌린다. 생강 1쪽도 편으로 썰어 얹는다. 여기에 진간장 3컵, 사이다 1컵 반, 매실액 1컵, 매실주 1컵(또는 소주 1컵)을 혼합하여 끓여서 식혀 붓는다. (끓이는 것을 생략하고 바로 재워도 된다) 3일 이상 냉장고에서 숙성시키면 매콤하고 감칠맛 나는 간장게장을 맛볼 수 있다.

'소울 푸드'는 영혼을 흔들 만큼 인상적인 음식으로 향수를 불러일으키거나 마음을 위로해 주는 음식을 말한다. 간장게장은 나의 소울 푸드다. 첫 숟가락을 입에 넣자마자 엄마에게 토닥임을 받는 느낌이 드니 이건 확실하다. 자주 밥상에 오르던 음식이 환경이 바뀌게 되면서 흔히 먹을 수 없는 것임을 알게 됐고, 언제까지나 건강하실 줄 믿었던 엄마의 부재로 뒤늦게 그 음식의 귀중함을 더 깊이 깨닫게 됐다. 엄마의 레시피를 온전히 기억해 내지 못했지만, 입맛을 더듬어 보았다. 우리 아이들에게 외할머니 간장게장의 정서와 맛을 전하고 싶었다. 단순히 재료를 섞어 만드는 것이 아니라, 그 안에 엄마의 마음과 그 시절의 추억이 담겨 있음을 아이들도 느끼길 바랐다. 지난 9월에 게장을 담그려 살아 움직이는 꽃게를 닦고 있는데 딸이 다가왔다.

"에고, 울 엄마! 외할머니가 또 보고 싶은가 보네. 꽃게 장 담그게?"

"응, 가을이잖아."

"그러잖아도 게장 생각이 났는데……."

딸도 계절에 따라 엄마의 음식을 생각하고 그 맛을 떠올리고 있었나 보다. 소울 푸드 간장게장으로 삼대가 온전히 연결되었음을 느낄 수 있는 순간이었다. 꽃게를 보고 외할머니를 떠올리고 엄마의 그리운 마음을 헤아리며 그 너머 음식을 먹고 싶었다던 딸을 보니 음식에 대한 진심이 잘 전해진 것 같다. 이야기를 품은 음식은 이렇게 다음 세대에 자연스럽게 이어진다.

한 조각으로 느낄 수 있는 신비로운 힘

엄마의 편강 한 조각

냉장고를 정리하다가 냉동실 문 쪽 보관 통에서 편강이 담긴 봉지를 발견했다. 무려 세 봉지나 나왔다. 반가운 마음에 편강 한 조각을 입에 넣었다. 첫맛은 단맛으로 시작하지만, 한동안 입에 물고 있으면 생강의 알싸한 향과 함께 매콤한 맛이 퍼지고 온몸에 온기가 돈다. 엄마가 힘들게 만들어 주신 것을 먹어보지도 않고 그저 냉동실에 넣기 바빴다. 돌아가신 엄마께서 담가 주셨던 된장, 고추장, 간장, 김치는 시간이 지나면서 다 사라졌지만, 편강만은 이렇게 남아 있었나 보다. 갑자기 목이 메었다. 엄마의 마지막 음식으로 세상에 다시없을 귀한 것이 되는 순간이었다. 입맛이 변했는지 엄마의 사랑 때문인지 편강 한 조각으로 온몸이 데워진 그날부터 엄마가 생각날 때마다 한 개씩 입에 넣는 버릇이 생겼다. 향기가 전해주는 추억은 순간순간 나를 과거로 데려간다.

어릴 적 가을 들녘엔 대나무 모양을 한 생강밭이 끝도 없이 펼쳐졌었다. 어른들이 생강 뿌리만 신경 쓸 때, 아이들은 버려진 잎과 줄기를 모아서 놀이 삼매경에 빠진다. 흙바닥을 잎으로 덮고 사각으로 탑처럼 높이 쌓아서 바람을 피할 수 있는 집을 짓는데, 보통 5~6명 정도는 거뜬히 누울 수 있는 '지붕 없는 집'이 된다. 아늑한 사각 집에서 같이 놀던 친구들까지 다 소환하고 나서야 현실로 되돌아온다. 가끔 시장에서 생강 뿌리만을 쌓아놓고 파는 걸 보면 그 시절 우리의 장난감이 돼 준 생강 줄기와 잎은 어찌 됐을까 궁금해진다.

생강은 습하고 기온이 높은 곳에서 잘 자라기 때문에 서산 지역의 특산품으로 흔히 볼 수 있다. 다른 지역의 생강이나 외래종에 비하여 향이 6~7배 높고 매운맛이 강하며 육질이 단단하다. 보통 서리가 내리기 전에 수확하는데 그때가 가장 향긋하다. 이것으로 생강차, 생강청, 편강 등을 만들고, 갈아서 소분해 냉동실에 두고 양념으로 쓰게 된다. 생강을 이용해 만든 한과도 있는데 서산 생강의 향이 한과와 잘 어우러져 맛의 우수함을 인정받은 지역 대표 특산물이다.

우리 집에서는 엄마께서 바쁜 일이 끝나면 아버지를 위해 생강청과 가족의 간식으로 편강을 만드셨다. 생강청은 생강을 얇게 저며서 꿀을 듬뿍 넣어 항아리에 담아 서늘한 곳에 놓아두셨다. 아버지께서는 찻숟가락으로 한 스푼씩 그냥 드시거나 따뜻한 차로 우려 드셨다. 어느 날 호기심에 몰래 한 스푼을 입에 넣어봤는데 '아! 그 달콤함이란' 숙성이 된 생강청은 매운맛은 싹 사라지고 생강 향은 진하지만 달콤한 맛이 강해 자주 훔쳐 먹었다. 몰래 먹었던 생강청 맛을 언니와 오빠도 모를 리 없었다. 우리는 종종 웃으면서 그때의 은밀한 추억을 공유하곤 한다. 아마 생강청은 그 시절 어린아이에게도 달콤한 간식으로 더할 나위 없었던 모양이다.

엄마가 만드는 편강은 생강청보다 좀 더 손이 많이 간다. 아버지께서 좋아하신 간식이었기에 편강은 특별히 연례행사처럼 날을 잡아 만드셨다. 아버지와 엄마는 생강껍질을 밥 수저로 긁어 벗겼다. 그래야지 생강 속살을 온전히 지킬 수 있기 때문이라고 하셨다. 깨끗하게 다듬어진 생강은 여러 번 물에 씻어 채반에 건져 놓는다. 노란 생강을 적당한 크기로 어슷하게 썬다. '저렇게 많은 걸 누가 다 먹어?' 할 정도로 많은 양이었다. 편강을 만들고 하루 이틀은 온 집안에 생강 향이 가득했던 기억이 난다. 잘 말린 그것은 보이는 곳에 두고 오며 가며 먹을 수 있게 했지만, 아이들에겐 인기가 없었다. 나머지는 잘 보관해 뒀다가 설날 손님 접대할 때 술안주로 내주셨다. 명절의 기름진 음식으로 속이 더부룩했을 어른들에겐 가볍고, 매콤한 맛이 입안 가득 퍼지는 편강이 딱 좋았을 것이다.

본래 생강은 몸을 따뜻하게 해준다. 체온을 높여주니 자연히 면역력을 높이는 효과가 있다. 몸에 좋은 생강을 생으로는 먹을 수 없고 양념으로 먹는 것도 한계가 있어서 간식으로 만든 것이 바로 편강이다. 이것은 가끔 음식 재료로 쓸 때가 있는데 생강이나 설탕이 필요한 생선조림 요리에 넣으면 간편하다. 갈아 놓은 생강이 없을 때 편강 몇 조각이 생선의 비린내와 조림의 단맛을 동시에 잡아주는 역할을 한다. 편강은 원성분이 우리 몸속에 있는 나쁜 균을 살균해 주는 역할을 하고 단백질을 분해하는 효소도 있어서 소화에도 도움이 된다니 그야말로 겨울 건강 간식이다.

어릴 땐 단맛보다도 매운맛이 강해서 거의 먹지 못했다. 결혼해서도 그때 기억 때문인지 해마다 엄마가 만들어 주셨지만 잘 먹지 않았다. 그 후로는 열어보지도 않고 냉동실 보관 통으로 바로 넣어 버렸다. 잊고 있던 것을 발견해서 엄마가 생각날 때마다 한두 조각씩 먹다 보니 이제 얼마 남지 않았다. 엄마의 편강이 다 사라지기 전 엄마가 만들던 기억을 더듬고 영상을 찾아보며 편강을 만들어 봤다.

그 옛날 엄마처럼 생강 껍질을 밥 수저로 벗기고 깨끗이 닦았다. 노란 속살을 드러낸 생강의 빛깔은 정말 예뻤다. 하나하나 손수 하다 보니 못 보던 게 보이고 생강 한 조각도 귀하게 여겨졌다. 그것을 먹기 좋은 크기와 두께로 썰어서 매운맛을 빼기 위해 일정 시간 동안 물에 담가 놓는다. 건져 올려 살짝 데친 후 설탕과 섞어 버무린다. (1:0.8 비율) 이것을 중 불에서 끓이는데 처음엔 생강과 설탕이 끓으면서 수분이 나온다. 약 불로 줄여서 한참 동안 끓이다 보면 생강 표면이 마르기 시작하고 약간 지루하다 싶을 때까지 오래 저어준다. 신기하게도 수분이 마르면서 생강표면에서 설탕 입자를 다시 토해내는 걸 볼 수가 있다. 겉이 설탕 가루로 하얗게 됐을 때 불을 끄고 채반에 건져서 하루 이틀 말려주면 오래 두고 먹어도 변치 않는 맛의 편강이 완성된다.

엄마의 편강 통 옆에 내가 만든 편강이 새롭게 자리를 잡았다. 식감이 너무 부드러워 조금 아쉽지만, 초겨울이면 항상 만들어 뒀던 엄마의 특별한 음식을 살릴 수 있었다는데 안심이 됐다. 작은 편강 한 조각이 온몸에 온기를 퍼뜨렸다. 온기는 위로를 준다. 위로의 방식이 너무 투박하고 갑작스러웠다. 입에 넣은 그 한 조각이 부모님을 떠오르게 했고 직접 만들어 보면서 엄마와 아버지의 더없이 정성스러웠을 마음속으로 빠져들게 됐다. 엄마의 편강 한 조각, 그 신비로운 힘으로 관심 밖이었던 음식의 명맥이 이렇게 이어졌다. 중년이 된 가을의 끝자락에서야 부모님의 그 마음을 헤아리고 나도 그렇게 조금씩 닮아가고 있음을 알게 된다.

삼대가 음식으로 연결되면

아들이 끓여준 굴 미역국

새벽 4시 50분, 모닝 챌린지가 있어서 줌을 켜기 전에 차를 한 잔 마시며 여유를 가졌다. 드디어 챌린지가 시작되고 몰입하려던 찰나 어디선가 핸드폰 알람 소리가 들린다. '뭐지?' 그러나 잠잠하다. '잘못 울렸나?' 아무튼 조용해져서 다행이다. 다시 또랑또랑한 눈망울로 집중 모드에 들어갔다. 근데 또다시 알람이 울린다. 남편은 늘 6시 30분에 일어나니 아닐 테고, 딸은 직장인으로 아침잠 5분이 아쉬운데 쓸데없이 알람을 맞출 일이 없다. 그렇다면, 아들인데 왜 알람을 맞췄을까? 무슨 시험이 있나? 알람 맞춰 놓고 못 일어나면 깨워줘야 하나? 잠시 갈등하고 있는데 아들의 방문이 열린다.

잠이 덜 깨서 눈을 감은 채 걸어 나온 아들이 부엌 불을 켠다.

"왜 그래?"

졸음에 취해서 고개만 잠깐 숙여 인사하고 대답도 못 한다. 부엌 베란다 문을 열고 부스럭부스럭, 냉장고 문을 열고 한참을 비닐봉지 소리를 내며 서성인다.

'아! 그거였어? 어젯밤에 뭔가를 사 와서 숨기듯 넣더니…….'

까맣게 몰랐다. 며칠 전, 올해엔 할머니께서 엄마 생일 미역국을 끓여주신다고 아이들에게 분명히 말해 뒀었다. 게다가 엊저녁에 남편이 정성이 듬뿍 담긴 어머니표 소고기미역국과 반찬 몇 가지를 가져와서 아들이 따로 움직일 거라고는 전혀 기대하지 않았다.

요리에 관심이 많은 아들은 고등학교 때부터 엄마 생일에 종종 미역국을 끓여줬다. 특히 바다 소녀 엄마를 위해 소고기미역국은 기본이고 조개 미역국, 굴 미역국 등 다양한 미역국을 제대로 끓여냈다. 자기 용돈으로 산 수비드 기계를 이용해 갈비찜까지 해낼 정도로 음식에 진심인 아이다. 엄마를 위해 생일상을 계획하고 시장을 보고 새벽잠을 포기한 아들의 마음에 뭉클해졌다. 비록 새벽에 일어나 있는 엄마 때문에 서프라이즈 생일상은 안 되겠지만 아들은 계획된 요리를 하고 나는 다시 책 속으로 빠져든다.

"엄마, 전분 가루 어디 있어요?"

줌 화면에서 오디오는 꺼놨어도 소리 지르는 건 안 될 것 같아 일어나서 찾아준다.

"또 필요한 건?"

"없어요."

아들도 나도 다시 몰입한다.

"엄마, 조선간장 어디 있어요?"

기꺼이 일어나 직접 꺼내주고 온다. 덤으로 소금과 연두까지 내어주고 자리에 다시 앉는다.

"엄마, 죄송한데 식초는 어디…….?"

다시 일어난다. 도대체 뭘 그렇게 차리려고 이럴까? 식초를 꺼내 주며 흘깃 보니 이것저것 늘어놓은 부엌에선 지글지글 보글보글 난리가 났다. 비록 새벽 시간 집중을 방해받긴 했지만, 대학교 3학년 아들이 엄마의 생일상을 차리고 있다는 것에 마음이 연거푸 찡했다. 전분 가루와 식초는 항정살 탕수육을 위한 것이고, 조선간장은 역시 굴 미역국 때문이었다.

겨울이 제철인 통통한 굴을 소금물로 깨끗이 씻어 놓는다. (소금물보다 무를 곱게 갈아서 굴을 씻으면 불순물이 거의 제거된다) 잘 불린 미역에 조선간장을 넣고 살짝 볶아준다. 타지 않게 물을 조금 더 부어 볶는다. (굴 미역국의 핵심은 담백한 맛이기에 참기름은 쓰지 않는다) 끓으면 미역 양에 맞춰 물을 더 붓고 끓인다. 마지막으로 씻어놓은 굴을 넣고 마늘을 적당량 넣어 한 번 더 끓인다. 이렇게 아들은 굴 미역국을 끓여냈을 것이다.

아들이 차려준 생일상을 받고 '고마움' 이상의 감정이 들었다. 세상을 살아오면서 우직하게 헌신하는 삶의 이야기를 알고 있다면 그건 우리네 부모님 이야기일 것이다. 존재만으로 선물인 자식들이 그런 부모님을 위해 어느 순간부터 무언가를 해드린다. 용돈을 아껴 선물하는 건 부모님이 좋아하는 모습을 보고 싶어 하는 마음이다. 게다가 특별한 날 음식을 차려준다는 것은 거기서 한 발짝 더 나아간 것이다. 엄마의 음식을 먹고 자라면서 그냥 당연한 것으로 여기며 살다가 스스로 엄마께 음식을 대접한다? 음식에는 크든 작든 정성이 들어간다는 것을 바로 깨닫게 된다. 내가 경험하고 느꼈던 걸 자식도 분명 알게 됐을 것이다.

'굴 미역국'은 아들이 엄마도 엄마의 엄마인 외할머니 음식을 그리워한다는 것에서 출발해 준비한 음식이다. 엄마의 마음을 헤아리고 끓여낸 아들의 굴 미역국은 내 엄마의 미역국처럼 맑고 향기 가득한 것이었다. 맛을 보고는 "와, 진짜 맛있어!" 감탄하며 엄지척하자 아들의 얼굴이 환하게 밝아지더니 도리어 감동한 눈빛이 된다.

부모님과 떨어져 살면서 자주 찾아뵙지 못했다. 바쁜 세상 속 자식들 일에 방해될까 봐 두 분은 특별한 일이 없으면 먼저 전화하시지 않았다. 안부 전화를 드려도 밥은 잘 먹고 다니는지 아픈 데는 없는지 자식들 걱정이 우선이었다. 하지만, 생일날 아침은 달랐다. 먼저 전화를 주셔서 "미역국은 먹었남?" "감기 조심혀." 엄마가 해 주시던 인절미(우리 집 생일 떡)를 먹고 싶다는 말에 "먹고 싶으면 한번 내려와." 마지막엔 투박하지만, 애정이 듬뿍 담긴 음성으로 "생일 축하헌다"라고 말씀해 주셨다. 자식이 정성껏 차려낸 생일상은 엄마에게 올해도 잘 살아오셨다 위로하고 내년에도 선량한 마음을 가지고 멋지게 살아가시라 지금은 안 계신 부모님 몫까지 더해서 용기를 준 것이리라. 부모님과 나, 자식이 음식으로 연결될 때 위로받는 사람은 물론이고 위로하는 사람도 위로받는다.

내 아버지만의 응원법

마늘, 마늘장아찌

채소는 싱싱하고 과일은 당도가 보장되어 늘 인기가 많은 '기봉이 야채 과일' 가게 앞을 지날 때였다. 누런 박스 한쪽을 쭉 찢어 '서산 육쪽마늘 왔어요!'라는 파란색 손 글씨가 보였다. 높이 쌓아 놓은 마늘 더미 앞에, 눈에 확 띄게 붙어 있었다. 올해도 어김없이 마늘의 계절은 왔다. 고민하지 않고 바로 마늘 한 접을 사서 베란다에 신문지를 깔고 놓아뒀다. 짙은 마늘 향을 맡으며 고향을 떠올린다.

마늘은 늦가을에 심어서 겨울을 이겨내고 봄의 햇살을 받아 6월쯤에 수확한다. 특히 서산 육쪽마늘은 일반적으로 사람들이 선호하는 마늘이다. 맛과 향기를 내는 알리신의 함량이 높고 매운맛과 달큰한 맛이 적절하게 어우러져 독특한 맛을 내기 때문이다. 마늘이 6~8쪽으로 고르게 들어있어서 '육쪽마늘'이라고 하는데, 단단해서 빻아 놨을 때 변함이 적어 일 년 내내 저장해 두고 먹기에 좋다. 서산의 마늘은 삼국시대부터 재배되었을 정도로 역사가 깊다. 이곳은 땅이 황토로 이루어져 있어 흙에 영양분이 풍부하고 물을 잘 빨아들이는 특성으로 마늘 재배가 적합한 지역이다. 게다가 겨울에는 따뜻하고 여름에는 시원한 해양성 기후가 흙과 함께 마늘 수확량과 질에 큰 영향을 미친다.

마늘 농사를 지으셨던 아버지께서는 해마다 6월이면 시댁과 나눠 먹을 수 있도록 마늘을 넉넉하게 보내주셨다. 아버지께서 돌아가신 후부터 마늘은 당연한 듯 받아먹는 음식 재료가 아니라 돈을 주고 구입해야 하는 품목이 되었다. 양념으로 쓸건 빻아서 냉동실에 얼려 놓고 햇마늘이 나오기 전까지 사용한다. 마늘을 까다가 좀 작다 싶은 것은 따로 골라 마늘장아찌를 담그는데, 고기를 좋아하는 우리 집엔 꼭 필요한 음식이다.

깐 마늘을 병에 담고 마늘의 아린 맛을 없애기 위해 1:1 비율로 식초와 물을 부어준다. 마늘이 초록색으로 변하는 것을 방지하기 위해 햇빛이 닿지 않는 곳에서 7~10일간 놓아둔다. 1차 숙성된 마늘을 체에 밭친다. 여기서 나온 식초 물과 설탕, 간장, 소금, 매실액, 매실주를(혹은 소주 약간) 섞어 끓여서 식혀 붓는다. 보름 정도 실온에서 2차 숙성시킨다. 숙성된 장아찌는 냉장 보관을 하여 필요할 때마다 꺼내 먹으면 2~3년이 돼도 변하지 않는 맛의 장아찌가 된다.

야채가게에서 서산 마늘을 보자마자 반가움에 무작정 사놓고 이런 저런 생각이 깊어진다. 생각의 끝은 아버지에 대한 그리움이다. 아버지의 거칠고 투박한 손이 선명하게 떠오른다. 마늘을 심고 캐고 말려서 엮으며 끊임없이 움직이시던 그 손. 그 손은 자식으로서 안쓰럽고 죄송한 마음이 들게 했지만, 늘 따뜻했다. 40이 되고 50이 돼도 부모님께 위로받고 싶어질 때가 있다. 그때마다 어김없이 생각나는 손이다. 아버지는 종종 중요한 순간에 손을 꽉 잡았다 놓는 것으로 '파이팅'이라는 말을 대신하셨다. 특히 그 악력을 가장 세게 느꼈던 세 번의 순간이 있었다.

〈아버지의 손〉

아버지의 투박한 손이
꽉 잡아 주시던 그 감촉이 무척 그리워지는 날이에요.
그 순간적인 악력은
큰 시험장에 들어가기 직전에 "넌 할 수 있어!"
결혼식장, 남편에게 손을 건네주며 "행복하게 잘 살아라."
저 하늘 위로 소풍 떠나시던 전날에 "내 막내딸, 사랑한다"란
말씀이었고 응원이었음을
아버지! 저는 너무도 잘 알고 있어요.

친구의 봄 마중 덕분에, 우리 집에도 이른 봄이

냉이된장국

고향에 사는 친구가 단체 카톡방에 사진 한 장을 공유했다. 봄볕에 앉아 친정엄마와 냉이 한 바구니를 놓고 다듬는 모습이다. 추위가 완전히 가시지 않은 날씨에 움츠러든 몸과 마음에 고향의 봄을 불어 넣어 주고 싶었나 보다. 아닌 게 아니라 건물과 건물 사이에서 매섭게 몰아치고 있는 바람 탓에 따사로운 햇볕을 받으며 봄나물을 캤을 친구의 봄맞이가 몹시도 부러웠다. 아흔이 넘으신 어머니의 굽은 등은 나물을 다듬는 내내 들썩이셨으리라. 다듬은 냉이를 데쳐서 된장을 살짝 섞어 초고추장에 새콤달콤 무침을 하고, 조갯살을 넉넉히

넣고 두부를 송송 썰어 넣은 된장국을 끓여서 모처럼 집에 다니러 온 막내딸에게 먹일 생각을 하며 얼마나 마음이 조급하셨을까?

어릴 적 초봄에 친구들과 산으로, 들로 냉이를 캐러 다녔다. 들녘 마른풀 사이나 얕은 산속 나무 밑에 떨어진 바스락거리는 낙엽을 헤쳤을 때, 숨어있던 초록빛 냉이를 발견하면 "심 봤다!"를 외치고 싶었다. 그 추운 겨울을 이겨내고 기어코 돋아난 모습이 기특하게 생각되어 어린 마음에도 그것을 귀하게 여기며 캐냈다. 큰 욕심 없이 바구니를 어느 정도 채워서 엄마께 가져갔을 때부터가 진짜다. 해물이 풍부한 곳이라서 바지락을 듬뿍 넣고 냉이된장국을 끓여주시면 온 가족이 입안 가득 이른 봄의 향기를 담을 수 있었다. 그 힘으로 나른해지기 쉬운 봄철, 까칠한 입맛에 활기를 불어넣고 기력을 회복하며 그 해를 산뜻하게 출발할 수 있었다.

냉이는 겨울에서 봄으로 넘어가는 이 시기에 맛과 향, 영양 성분이 가장 극대화돼 인삼보다 더 좋다는 말이 있다. 단백질과 비타민이 풍부하며 피로 회복과 거칠어진 피부와 눈 건강에 도움을 준다고 하니 냉이야말로 제철에 꼭 먹어줘야 하는 음식이다. 특히 냉이와 된장은 궁합이 좋다. 된장과 두부의 주재료인 콩이 냉이에 풍부한 비타민B와 비타민C가 파괴되지 않도록 보호하는 역할을 한다고 한다. 이런 영양학적인 것을 떠나서 나는 봄나물을 좋아한다. 언 땅속에서 숨어 있다가 싹을 틔워낸 그 생명력에 대한 감사함, 칙칙한 빛깔의 세상에 처음으로 초록의 생기를 불어넣어 주는 것에 대한 감사함. 봄나물에서 '감사함'을 느낀다.

친구의 사진 덕분에 오늘 저녁 메뉴가 정해졌다. 냉이, 바지락, 두부를 사 와야겠다. 어릴 때 먹던 맛 그대로 냉이된장국으로 봄을 느낄 수 있으리라. 냉이는 깨끗하게 다듬어서 씻어 놓는다. 바지락은 천연 조미료라서 멸치 육수는 생략해도 좋다. 해감한 바지락을 씻어 놓는다. 쌀뜨물에 된장을 적당히 풀어 넣고 끓인다. (된장국은 쌀뜨물로 끓이면 한층 더 구수해지고 감칠맛이 난다) 끓기 시작하면 냉이, 바지락, 두부, 마늘, 파 등을 넣고 한 번 더 끓여서 불을 끈다.

어릴 적 우리 엄마가 그랬던 것처럼 맛있는 냉이된장국으로 가족들에게 입안 가득 이른 봄을 선사하고 싶다. 그 마음을 온전히 느낄 수 있으려면 직접 냉이를 캐 보는 게 중요한데 그것이 좀 아쉽다. 비록 마트에서 구입한 냉이일지라도 향긋함만은 놓칠 수 없다. 봄철 입맛을 돋우는 냉이의 쌉싸름하고 풋풋한 맛까지 최대한 살려 끓여 내야 한다. 거기다 냉이의 효능과 추운 겨울을 이겨낸 생명력, 어릴 때 냉이를 캐던 에피소드까지 곁들인다면 남편에게도 아이들에게도 제철 음식의 보양 효과를 충분히 줄 수 있을 것이다. 오늘따라 그곳의 봄이 무척 그립다. 얼었다 녹고 있을 땅도, 갈색의 세상에서 보일 듯 말 듯 숨바꼭질하고 있을 냉이도.

나만의 마들렌 조각을 만나게 된다면

소래포구에서 만난 망둥이

지난 5월에 시어머니를 모시고 새우젓을 사러 소래포구에 갔다. 살아있는 생물과 봄철 나들이객들로 시장은 활기찼다. 새우젓과 함께 은갈치와 알을 품은 주꾸미를 사서 돌아오는 길에 어시장에나 와야 볼 수 있는 반 건조 우럭 포를 발견했다. 제사 때 쓰려고 우럭 포 값을 흥정하기 시작했는데, 한쪽 귀퉁이에 바짝 마른 망둥이가 작은 채반 위에 놓여 있는 게 아닌가? 큰 것 작은 것 크기가 제각각이긴 했지만, 망둥이가 틀림없었다. 반가운 마음에 우럭 포보다도 망둥이 포에 관심을 보이자, 사장님은 우럭 포 세 마리를 사면 망둥이 포 한 무더기를 덤으로 주신다고 했다. 적정 가격에 흥정을 마치고 덤으로 받은 망둥이는 모두 내 몫으로 집에 가져왔다.

우습게도 그날 저녁 반찬으로 망둥이를 쪄먹어야겠다는 생각에 가슴까지 두근거렸다. 옛날처럼 밥솥에 넣어 찌지 않고 혹시 날지 모를 비린내가 걱정되어 찜 솥에 단독으로 넣고 쪘다. 저녁 메뉴로 각종 야채에 고춧가루를 넣고 단짠 양념에 볶아낸 먹음직스러운 알배기 주꾸미볶음도 있었고, 기름을 적게 두르고 노릇하게 앞뒤로 구워낸 도톰한 갈치 소금구이도 있었다. 하지만, 내 눈엔 그저 갓 쪄낸 김이 솔솔 나는 망둥이 포만 보였다. 작은 망둥이는 뼈까지 씹어먹기도 하지만, 처음 먹어보는 가족들을 위해 살을 발라 밥 위에 올려주었다. 미심쩍은 얼굴로 먹어보겠다면서 도전하던 딸과 아들의 표정이 묘했다. “한 번 더 줄까?” 둘 다 고개를 절레절레 흔든다. 남편도 다르지 않았다. 안타깝지만, 내 느낌 그대로 느끼게 하는 데 실패

했다. 망둥이찜을 혼자 독차지하고 뜯고 있는데, 망둥이 포만의 특유한 냄새에 어린 시절의 추억이 몽글몽글 떠올랐다.

고향 바다는 크게 네 구역으로 나뉘어 동네를 곡선으로 감싸고 있다. (지금은 간척사업으로 논이 되어 쌀을 생산한다) 신기하게도 구역마다 사는 생물의 종류가 각기 달랐다. 집에서 가장 가까운 A 구역(고두리)에는 파래 등 바다식물과 농게 같은 작은 생물이 살았다. 집에서 가장 먼 B 구역(안고잔)은 어업을 생계 수단으로 삼고 살아가는 분들을 위한 굴밭이 넓게 펼쳐졌다. 바위가 많고 청정구역이라서 굴의 생육조건이 좋아 최상의 맛을 내는 굴을 채취했다. 이곳의 굴은 어리굴젓을 담아 놨을 때 그 맛이 일품이다. 그 유명한 서산 어리굴젓을 만들어 내는 굴밭 중의 하나였다. C 구역(가랑골)은 바위가 별로 없고 넓은 갯벌로 이루어져 있어서 수평선 위 노을이 특히 아름다운 곳이다. 바다 바로 앞 육지엔 아름드리 아카시아가 쭉쭉 뻗어 있어 봄철은 향기롭고 여름엔 그늘이 좋아서 사람들에게 가장 인기 있는 구역이다. 이곳에선 바지락과 박하지, 고동, 작은 물고기를 잡을 수 있다. D 구역(쇼리), 이곳은 작은 갯 고동(바다 다슬기)을 잡을 수 있고 간혹 몇 분의 어부들이 배를 정박해 놓고 밀물 때 배를 타고 멀리 나가 갑오징어나 물고기를 잡아 오는 구역이다. 특히 모래가 고아서 아이들이 해수욕을 즐기러 많이 갔다.

우린 종종 대나무 막대기 하나씩 들고 D 구역(쇼리)에 놀러 갔다. 바다에 도착하자마자 누가 먼저랄 것도 없이 물로 뛰어 들어가 수영한다. 제대로 배운 적이 없어서 주로 땅을 짚고 헤엄을 치는 수준이지만 즐기는데 아무런 문제가 되지 않았다. 한참을 놀다가 썰물이 거의 빠져나갔을 즈음, 마을에서 파 놓은 커다란 물웅덩이를 중심으로 대나무 막대기를 챙겨 든 아이들이 하나둘씩 모여든다. 웅덩이의 물속에 대나무를 낚싯대처럼 꽂는다. 슬슬 입질이 온다. 이때다! 막대기를 뒤쪽으로 힘껏 젖힌다. 갯벌에 망둥이가 떨어진다. 재빠르게 뛰어가 그릇에 주워 담는다. 먹이를 매달지도 않은 그저 대나무 막대기일 뿐인데 망둥이들이 따라 올라온다.

잡은 망둥이를 가지고 집에 돌아가면 엄마는 적은 양이라도 포를 떠서 소금을 뿌려 햇빛에 말린다. 꾸덕꾸덕하게 마른 망둥이는 밥반찬으로 아주 훌륭했다. 특별한 요리법이 필요 없었다. 밥 지을 때 그릇에 담아 말린 망둥이를 넣고 찌면 적당히 쫀득쫀득 씹히는 맛이 좋은 망둥이 포를 맛볼 수 있었다. 한 마리씩 통째로 들고 뜯어 먹으면 이게 숨은 밥도둑이다.

추억의 음식은 단순히 영양소를 섭취하는 데 그치지 않고 미각과 후각으로 기억을 찾아가게 한다. 마르셀 프루스트의 소설 《잃어버린 시간을 찾아서》에서 주인공은 홍차에 적신 레몬 향이 곁들어진 마들렌 한 조각으로 과거 전체를 떠올린다. 오랫동안 잊고 지내던 것을 향기로 끌어내는 현상을 '마들렌 효과' 혹은 '프루스트 효과'라고 한다. 소래포구에서 작은 채반에 담긴 망둥이를 만나고 어릴 때 먹던 것처럼 망둥이찜을 했다. 한 마리를 통째로 들고 먹다가 그 맛과 향기에 옛 기억이 되살아났다. 향기를 매개로 과거의 즐겁고 행복했던 추억이 생생하게 떠오른 것이다. 그 시절 전체가 떠오르면서 보고 싶고 그리운 얼굴이 생각나고 그때의 날씨와 그때의 감정까지

섬세하게 떠올랐다. 인생을 살면서 마들렌 조각이 몰고 오는 수많은 기억 또 기억. 그 기억들은 내가 걸어온 모습들이다. 지치고 힘든 일상에서 나만의 마들렌 한 조각을 만나게 된다면 지나치지 말고 기억을 소환해 봐야 한다. 좋은 추억이 많다는 것은 튼튼한 세계를 가지고 있다는 것이고, 그 세계가 음식과 관련이 있을 때 우리는 음식을 통해 깊은 위로를 받게 된다. 그 위로는 삶을 살아가는 데 큰 에너지가 된다.

정말 좋은 음식을 먹고 자랐구나

메주, 쩜장

동작구 보라매 공원에는 작은 텃밭이 있다. 그 옆엔 옹기종기 장독대가 함께 한다. 옹기 근처엔 분홍색, 보라색 이름 모를 외국 꽃이 화려하게 폈지만, 역시 내 눈길을 끄는 것은 어릴 때 흔히 볼 수 있었던 봉숭아와 목화꽃이다. 그 소박한 풍경을 바라보고 있다 보면 자연스럽게 엄마의 장독대가 떠오른다. 된장, 고추장, 간장 등 엄마의 정성이 고스란히 녹아있던 장독대다. 엄마가 돌아가신 뒤에도 장독대에는 한동안 장이 골고루 담겨 있었다. 그 장맛에 길든 우리 형제는 그 후로도 몇 번씩 필요할 때마다 장을 가져다 먹었다.

김장에 버금가는 행사로 추수를 끝내고 추운 겨울이 오면 엄마와 아버지께선 메주를 만드셨다. '메주는 원래 추운 날 쑤어야 더 맛있다'는 말이 있다. 황토에서 자란 콩은 알부터 동글동글 그 크기와 생김새가 고르고 예뻤다. 여러 번 씻어서 혹시 들어갔을지 모를 돌멩이를 걸러내고 깨끗한 물에 콩을 불린다. 불린 콩은 장작을 때서 구수한 냄새가 날 때까지 삶는다. 삶은 콩은 손으로 비벼도 부서질 정도가 돼야 한다. 이때쯤 우리는 엄마 곁에서 콩과 함께 푹 삶아진 꿀고구마를 간식으로 먹었다. 그때 먹은 콩알이 군데군데 붙은 고구마는 그해 가장 맛있는 고구마였다. 잘 삶아진 콩은 식기 전에 으깨야 메주가 예쁘게 만들어진다. 아버지는 절구에 메주 하기 딱 적당한 정도로 곱지 않게 빻아 주신다. 엄마는 길쭉한 네모 모양으로 메주를 만드신다. 메주는 정성 들여 만들어서 엎었다가 뒤집었다가 바람을 잘 쐬어줘야 썩지 않고 장을 담그기 좋은 메주로 마른다. 아버지는 사랑방에 볏짚을 깔고 메주를 날라 잘 마르도록 띄엄띄엄 놓아두신다. 어느 정도 마른 메주는 새끼줄에 꿰어 바람이 잘 통하는 벽에 매달아 주셨다. 장의 기본이 되는 메주는 시간이 흐르면 흐를수록 더 맛이 깊어진다.

장 담그기는 주로 정월 '손 없는 날'을 택해서 담글 만큼 중요한 행사다. '장이 단 집은 복이 많다'는 말이 있는 건 추위가 풀리기 전에 담가야 메주에 소금이 덜 들어가 삼삼하고 단 장맛을 내기 때문이라고 한다. 물론 '손 없는 날' 담가야 어떤 부정도 타지 않을 거라는 염원도 담겨있다. 엄마는 장을 담그면서 꼭 찜장을 만드셨다. 찜장은 충청도에서 처음 먹기 시작한 음식으로 쌈장과는 다르다. 한번 먹으면 자꾸 생각나는 중독성이 무척 강한 음식이다. 잘 띄운 발효된 메주에 소금물을 넣어 장을 만들어 간장을 추출하고 남은 메줏덩어리로 만든 것이 된장이다. 쩜장은 간장을 추출하지 않은 온전한 메주와 고춧가루, 고추씨, 보리쌀로 밥을 지어 소금을 넣어 만든 장이다. 여기에 김장 김치 국물이 들어가면 맛이 확 올라간다. 된장보다 싱겁지만, 한 입 먹자마자 입에 착 감기는 환상적인 맛이다.

보리쌀을 깨끗이 씻어서 압력솥에 물을 넉넉하게 붓고 죽처럼 밥을 한다. 보리밥에 메줏가루와 고춧가루, 고추씨, 소금을 넣고 잘 섞이게 저어준다. 김장 김치 국물로 나머지 간과 농도를 맞춘다. 엄마께서는 잘 혼합된 쩜장을 부뚜막에서 하루 이틀 숙성시켰다. 밥상에 쩜장이 오르는 날은 쩜장 한 숟가락을 크게 떠서 뜨거운 밥에 쓱쓱 비벼 먹는다. 특별한 게 들어간 것 같지 않지만, 어떤 일품요리 못지않게 다른 반찬이 필요 없었다. 짜지 않아서 노란 배추 쌈에 쩜장을 듬뿍 얹어 먹으면 밥 한 그릇으로는 부족하다.

지역마다 특색 있는 음식들이 있다. 그 지역만의 개성을 엿볼 수 있고, 그곳에서만 먹을 수 있는 음식 말이다. 쩜장은 입에 익은 음식이지만 오랫동안 먹지 못했다. 그만큼 지역에서도 흔치 않은 음식이 되었다. 그 맛을 생각하면 지금도 입에 침이 고이는 음식이다. 시시각각 변하는 세상 속에서 새로운 것을 받아들이며 입맛도 적응해 가는데 그와 동시에 옛것을 자꾸만 그리워한다. 옛것은 주로 시간이 오래 걸려야 나오는 음식, '슬로 푸드'가 많다. 슬로 푸드는 자연의 순리에 따라 생산된 먹거리다. 지역에서 나오는 식재료로 맛과 건강을 동시에 만족시키는 음식이다.

우리나라의 장 종류는 오랜 기간 동안 다양한 과정을 거쳐야 결과물이 나오는 대표 슬로 푸드다. 이것의 핵심은 음식을 만든 사람에 대해 감사하며 음식을 음미하면서 먹는 것이다. 공원의 장독대를 바라보다 잃어버렸던 엄마의 음식을 더듬어 기억해 냈다. '나 정말 좋은 음식을 먹고 자랐구나!' 그때는 당연한 것으로 알고 느끼지 못한 감사함을 지금에서야 깊이 느낀다. 그것은 세상에 다시 없을 깊은 맛을 넘어 숭고한 맛이었다.

당신은 못하는 달콤한 고백

최지나

최지나

많은 경험이 다양한 감정을 뿜어내고, 그것들로 세상을 아름답고 풍부하게 표현할 수 있을 거라 믿는 두 아이 엄마. 비록 좋지 않은 경험이었더라도 지나고 나면 그것대로의 에너지가 온전한 멋을 만든다고 생각하는 30대. 아픔과 성숙은 한 끗 차이이고, 아픔을 벗어나려는 발버둥을 쳐봐야 다른 사람의 아픔도 성숙하게 보듬어 줄 수 있다고 생각하는 선생님. 내가 겪은 아픔이 나와 같은 상황인 누군가에게 나와 같은 크기의 상처로 남지 않길 바라는 경험자. 남들과는 조금 다른 방식의 사랑을 오롯이 받으며 자라온 내가 가정을 꾸리고 사는 지금까지의 과정을 담담하게 이야기하고 싶은 사람.

인스타그램: @with_jinasam

당신은 못하는 달콤한 고백

현관문이 닫혔다

휴대전화 없이 몇 분이나 버틸 수 있을까

갈수록 네일아트가 화려해지는 까닭

프린트 할아버지의 기침소리

현관문이 닫혔다

쾅.

현관문이 닫혔다.
현관문은 무겁고 둔탁한 소리를 내며 굳게 닫혀버렸다.

"정말 많이 고민해 봤는데 아무래도 엄마, 아빠가 서로 계속 힘들다면 각자의 인생을 사는 것도 좋다고 생각해. 우리는 괜찮아. 잘 해낼 수 있어."

식탁에서 조용히 밥을 먹으며 엄마, 아빠의 얼굴을 번갈아 보던 나는 젓가락을 내려놓으며 이렇게 뱉어버렸다. 아무것도 모르는 동생은 나만 쳐다보고 있었다. 그러고 얼마 지나지 않아 부모님은 나에게 무거운 소식을 전하셨다. 그 후 우리는 한 집에서 살지 않게 되었다. 다만 부모님께서는 우리가 보고 싶으면 언제든 볼 수 있고, 필요하면 언제든 5분 만에 우리 앞에 나타날 수 있는 거리에서 함께 하겠다고 약속하셨다.

많은 생각을 하고 뱉은 말이라 아무렇지 않게 받아들일 수 있을 것으로 생각했는데 그렇지 않았다. 꽤 많이 무섭고 무겁게 나의 현관문이 닫혔다.

현관문이 닫히면 나는 그냥 집 안에 조용히 고립되어 있으면 되는 줄 알았다. 하지만 나는 생각보다 더 많은 것들을 마주해야 했다. 할머니와 고모들을 만나면 다들 엄마 얘기만 했다. 당연히 좋은 내용의 이야기는 아니었다. 나를 위한다는 그 많은 이야기와 걱정이 너무 듣기 싫었다. 내가 사랑하는 엄마를 왜 나에게 나쁜 사람으로 각인시키려는 걸까. 당사자도 아니면서 잘 모르는 우리의 속사정을 이야기하는 것이 듣기 싫었다.

이제야 아이를 키우는 엄마가 되고, 남동생이 결혼해서 가정을 만들고 나니 그때 할머니와 고모가 왜 그렇게 이야기하셨는지, 어떤 마음이었을지 조금은 이해할 수 있을 것 같다. 그렇지만 그뿐만이 아니었다. 학교 선생님과 친구들의 진심 어린 조언과 걱정도 나는 다 버거웠다. 상처가 나으려면 새살이 돋을 수 있도록 밴드로 덮어두고 가만히 두는 시간이 필요한데 주변에서는 모두 내 상처가 덧날까, 걱정되는 마음에 소독약을 한가득 발라주었다. 소독약은 그 종류도 정말 다양했다.

"엄마, 아빠 잘 도와주어야 한다.", "너희들이 잘해야 엄마, 아빠가 기운 낸다."라는 걱정의 말이 제일 많았다. 물론 걱정을 담아 건넨 말이지만 좋은 말도 한두 번 들어야 좋은 말인데, 각각의 사람들은 한 번씩일지 몰라도 나는 많은 사람에게 너무 여러 번 들으니 그 말이 어느 순간 걱정으로 들리지 않았다. 속살이 드러난 마음속 깊은 상처에 사람들은 아무렇지 않게 가시 돋은 말을 계속 쏟아부었다. 아직 어리니 뭘 몰라서 그렇지, 부모님과 따로 사는 것은 부모님에게도, 자녀인 나에게도 무척 힘든 일인데 부모님의 이혼을 막지 않고 뭐했냐는 그 모든 말들이 그냥 엄마, 아빠가 힘든 만큼 너는 힘들어하지 말고 잘 해내라는 엄포를 담은 따가운 소독약에 불과했다.

'이렇게 상처 위에 계속 소독약을 바르면 상처가 나을 수 있을까?' 하는 생각이 들었다. 상처는 소독약을 만나 계속 부글부글 거품이 일었다. 상처가 났으니, 소독해야 하는 것은 알지만 여러 번, 많이씩 바르니 그것은 소독약이 아니라 내 상처를 찔러 덧나게 하는데도 참아야 하는 벌 같았다. 하나같이 모두 나와 동생이 안쓰럽다고 했다. 내가 괜찮다고 했고 엄마, 아빠를 응원해 주고 싶어 결정한 일인데 나는 어느 순간 안쓰러운 사람이 되어있었다.

어느 날 학교에서 주민등록등본을 가지고 오라고 했다. '모(母)'의 자리가 비워져 있어서 가지고 가기 싫었지만, 준비물이니 어쩔 수 없이 가방에 쑤셔 넣었다. 모두 책상에 올려두라고 해서 아이들은 책상 위에 그것을 가지런히 올려두었다. 나는 괜히 접은 종이를 활짝 펴지도 못한 채 구깃구깃한 채로 책상 위에 올려두었다. 지금은 '돌싱'이라는 신조어도 생기고, "한 번 다녀왔어요."라고 편하게 이야기하기도 하며, '한 부모 가정'이라는 가족의 형태를 배울 정도로 이혼한 가정을 심심치 않게 볼 수 있지만 20여 년 전 그 당시만 해도 이혼이라는 것은 흔치 않은 일이었다. 그래서였을까? 옆에 앉은 짝꿍이 큰 소리로 물었다.

"어! 너는 왜 아빠 밑에 엄마 자리에 아무것도 없어?"

그 아이가 무슨 마음으로 물어보았던 것인지 사실 아직도 잘 모르겠다. 정말 단순한 궁금증이었는데 어린 마음에 나에 대한 배려가 부족했던 것인지, 아니면 나를 골려주고 싶었던 것인지, 아니면 내 주민등록등본의 내용으로 친구들의 관심을 끌고 싶었던 것인지. 그런데 셋 중 어떤 것이었더라도 좋은 의도는 아니었으니 기분이 좋을 리가 없었다. 아니, 난처했다. 다들 수군수군 이야기 하고 내 등본을 구경하기 위해 몰려들기 시작했다. 쥐구멍에라도 숨거나 밖으로 무작정 나가고 싶었지만, 그 자리에서 얼어 아무것도 할 수가 없었다.

그때부터 나의 학교생활은 재미가 없었다. 친구들과 나의 사이는 크게 달라진 것이 없었지만 내 스스로 '나는 남들보다 한 부분이 부족해.'라는 생각에 무엇이든 자신감 있게 나서지 못했다. 전교권이던 성적도 점점 떨어졌다. 아니 어쩌면 그건 자기합리화였던 것 같다. 공부하기가 힘들어진 찰나에 부모님의 아픈 부분을 방패 삼아 떨이진 성적을 합리화하며 약한 모습을 보였다.

그렇게 시간이 흘러 졸업식 날이 다가왔다. 친구들과 아쉬운 헤어짐, 새로운 학교에 진학할 기대감 등 여러 가지 감정으로 들떠야 할 졸업식에 나는 또 한 번 그러지 못했다. 졸업식인 만큼 꽃다발 한 아름 가득 안고 시끌벅적 가족끼리 사진도 찍고 좋은 곳에 가서 외식도 하고 싶었다. 그런데 동생과 나는 3살 터울이라 입학과 졸업 일정이 겹친다. 하필 동생과 졸업식 날이 겹친 데다 부모님 두 분이 함께하기 어려우니 가족이 함께 사진을 찍을 수 없었다. 그렇지 않아도 반쪽짜리 가족사진이었는데 그마저도 어린 동생의 졸업식을 먼저 챙기고 오셔야 해서 친구들이 가족들과 사진 찍고 축하받는 것을 한참 바라보다 느지막이 축하받고 졸업식을 끝내야 했다.

그 뒤로 우리 가족은 모두 주어진 환경에 서서히 적응해 갔다. 그리고 그것으로 인한 불편한 일도 많이 줄었다. 그리고 커진 책임감 때문인지 바쁘신 부모님 대신할 수 있는 것도 꽤 많이 늘어갔다. 동생과 둘이 찌개를 끓여 먹거나 집에서 멀지 않은 시장에서 재료를 사 반찬을 만들어 먹어보기도 했다. 지금처럼 인터넷이 흔하지 않아, 주말 아침 방송에 나오는 음식 만드는 방법을 적어두었다가 동생과 둘이 만들어 먹으며 즐거워했다. 동생은 항상 무슨 요리인지도 모를 비주얼에 맛도 대단하지 않았지만 "우리 누나가 최고!"라며 엄지를 치켜들어주었다.

그리고 동생에게 부모님의 빈자리를 느끼게 하고 싶지 않아 동생의 교복 셔츠 목깃과 소매를 매일 칫솔로 빨아 다리미로 다려서 등교 준비를 해주었다. 엄마가 나에게 해주었던 것처럼. 항상 깔끔했던 엄마가 하던 대로 하려고 애썼다. 그래서 나는 지금도 엄마가 제 자식을 보듯 동생을 본다. 이제는 한 아이를 키우는 아저씨가 된 동생에게 미안하지만, 아직도 동생이 내게는 마냥 아이 같다. 지켜주어야 할 것 같고, 보듬어주어야 할 것 같은 존재이다.

아빠는 혼자 지내면서도 나와 동생을 챙기는 데 부족함이 없었다. 아빠는 새벽까지 술을 드시고 와도 아침 6시면 칼같이 일어나 우리의 아침을 차려주셨다. 항상 따뜻한 찌개나 국과 반찬, 밥을 정성스레 차려주셨다. 요즘은 엄마와 아빠 역할의 구분이 많이 모호해졌지만, 그 당시만 해도 아빠는 회사에서 돈을 벌어오고 엄마는 집에서 아이들을 돌본다는 인식이 강했다. 그런데도 아빠는 일도 하며 우리까지 챙기는 진정한 슈퍼맨이었다.

돈을 벌고 아이를 키우는 지금에 와서 생각해 보면 그때의 아빠는 정말 존경스러울 정도로 대단한 것이었다. 혼자서 다 큰 자식 둘을 건사하며 끌고 가는 것이 얼마나 고되고 외로웠을까. 나는 착하고 좋은 딸이 아니었다. 그때의 내가 아빠의 마음을 더 보듬어주고 응원 한 마디 더 건넸다면 우리 아빠가 조금은 덜 아프지 않았을까? 아빠의 마음은 이미 서리 내린 땅이었을 텐데 나는 그 땅에 입김 한 번 불어 주지 못했다.

공부도 못하면서 예민하기만 했던 고3 시절, 나는 학교와 가까이 살았던 엄마와 같이 생활했다. 수능을 얼마 남겨두지 않은 때였다. 독서실에서 공부하던 중이었는데 체한 것 같아 소화제를 먹고 조금 더 책을 보다 독서실 차를 타고 집에 왔다. 엄마가 늦게까지 공부하고 온 딸 고생했다며 간단히 먹을 것을 차려주었는데 배가 아파 하나도 입에 대지 못한 채 씻고 급히 잠자리에 들었다. 그러던 새벽, 배가 찢어질 듯 아파 일어나 엄마를 깨웠다. 허리도 못 펴고 아파하는 딸의 모습에 엄마는 119를 불렀다. 엄마는 급한 마음에 집에서 기다리지 못하고 나를 들러업었다. 엘리베이터도 없는 4층 계단을 다 큰 열아홉 살 딸을 업고 엄마는 허겁지겁 계단으로 내려와 119가 발견하기 쉬운 길목까지 달렸다. 병원에 도착해 급히 검사 후 맹장 수술을 진행했다. 의사 선생님께서 병원에 도착했을 때 이미 많이 늦어 조금만 더 늦었으면 정말 위험했을 것이라고 말씀하셨다고 한다. 여린 성인 여자의 몸으로 몸무게가 비슷한 다 큰 딸을 업고 계단을 막 뛰어가던 엄마의 등을 나는 지금도 잊을 수가 없다.

그렇게 성인이 되어 대학 생활을 한 후, 공부를 더 하고 싶어 조교 생활까지 했다. 그러다 좋은 기회로 지금의 남편을 소개받게 되었다. 남들처럼 예쁘게 연애하고 서서히 결혼 이야기가 나올 때쯤 새로운 고민이 생겼다.

'예비 시부모님께는 나의 가정환경을 어떻게 말씀드려야 할까, 어디까지 말씀드려야 할까, 이해하실 수 있을까, 이것이 흠이 되지는 않을까?'

남편을 좋아하는 큰마음이 나를 작게 만드는 도구가 될까 봐 겁이 났다. 그러나 시부모님은 내가 생각했던 것보다 더 따뜻하게 나를 안아주셨다.

그렇게 차근차근 결혼 준비를 진행하며 더 큰 고민이 생겼다. 물론 조금은 다른 모습의 사랑이었지만 엄마, 아빠의 단단한 사랑으로 여기까지 왔으니 이 감사함을 결혼식 날 부모님 두 분께 진심으로 인사드리고 싶은데 혼주석이 문제였다. 아빠와 엄마가 같이 앉으시지 않을 것으로 생각했다.

'부부가 아닌 두 분이 같이 앉아계셔도 되는 자리인가, 이것을 어떻게 부탁드려야 하나, 부탁드리는 것이 맞기는 한 것인가, 내 뜻대로 해주실까?' 그렇다고 지금까지 항상 내 옆에서 나를 지켜주신 두 분 중 어느 한 분만 앉아계시고 한 분은 뒤에 따로 앉아계시는 혼주석을 보는 것도 너무 마음이 아플 것 같았다. 이 이야기를 어떻게 꺼내야 할지, 만약 안 된다고 하시면 그 후에는 어떻게 해야 하는지, 끝까지 거절하시면 나는 결혼식도 반쪽짜리가 되는 것이라는 생각에 하루하루 걱정은 커지고 마음은 조급해졌다. 더 이상 미룰 수 없을 때쯤 아주 조심스레 부모님께 말씀드렸다.

"두 분은 서로 따로 계시지만, 나한테는 사랑하는 엄마, 든든한 아빠이니 혼주석에 같이 앉아 결혼식을 함께 봐주셨으면 좋겠어요. 나는 반쪽짜리 결혼식 말고 온전한 결혼식을 하고 싶어."

엄마와 아빠는 짧은 고민 끝에 흔쾌히 수락하셨다. 너무 흔쾌히 동의하셔서 안 될 것으로 생각하며 애태운 날이 무색할 정도였다. 그렇게 모두의 축하와 부모님의 축복을 한가득 받으며 행복한 결혼식을 마쳤다. 이렇게 나는 새로운 가정을 꾸렸다.

새로운 가정을 꾸려 두 아이의 엄마가 된 지금도 여전히 엄마, 아빠는 내 공간을 안전하고 평온하게 지켜주는 현관문이다. 가끔 문밖의 상황이 궁금해 조그만 렌즈를 통해 밖을 바라보면 아주 좁은 세상이 보여 답답할 때도 있다. 더 많은 것을 보고 싶어 문을 활짝 열고 싶을 때 문이 마음처럼 열리지 않고 끼익하면 힘으로 밀어붙일 것이 아니라 드나들 때 부드럽고 편하게 열 수 있도록 문 이음새에 기름칠해야겠다. 엄마, 아빠가 나에게 투박하지만, 마음을 가득 담아준 것처럼, 밖으로 드러나게 표현을 많이 하지 않았지만 꾸준하고 성실하게 묵묵히 앞을 지켜주며 부족한 나를 채워주고 있었던 것처럼.

또 가끔 밖에서 신나는 시간을 보내고 집에 돌아오기 아쉬워 현관문 열기가 망설여질 때는 현관문 앞에 가만히 서서 손잡이에 손을 얹어 숨을 한 번 크게 고르고 현관문을 힘껏 당겨야겠다. 온전히 휴식을 취할 수 있는 내 공간으로 들어가기 위해 언제나 그 자리에서 같은 모습으로 내가 열어주기를 기다리고 있는 묵직한 그 문을 잡아 당겨야겠다.

쾅.

현관문이 닫힌다.

현관문은 오늘 하루도 피곤했던 나를 안락한 공간에 담아두고 닫혔다.

휴대전화 없이 몇 분이나 버틸 수 있을까

우리는 장거리 연애라고는 할 수 없지만 고속도로를 달려 만나야 하는 중거리 커플이었다. 운전을 배우지 않았던 나는 그 사람이 보고 싶다고 해서 불쑥 만나러 갈 수 없었다.

신나게 데이트하고 헤어지려 하니 너무나 아쉽다. 조금만 더 같이 있고 싶은데 엄마가 십 분마다 전화한다.

"언제 오니? 어디니? 얼마나 걸리니? 왜 아직 안 오니? 엄마 나갈까?"

딸 가진 엄마로서 최대치의 걱정을 표현하며 전화기에 불이 나도록 전화했다.

우리 엄마는 유명했다. 딸이 걱정되어 학창 시절에도 번화가 한 번을 나가지 못하게 해서 나는 중학생이 되도록 동네를 벗어나 본 적도 버스나 지하철을 타 본 적도 없다.

어느 날 밤늦게까지 데이트하고 집에 들어간 나는 아침에 전화 한 통을 받았다. 집 앞이니 얼른 나오라는 전화. 전날 늦게 헤어졌는데 잠도 많은 사람이 어떻게 벌써 멀끔한 모습으로 우리 집 앞에 와있는지 물으니 이런 대답이 돌아왔다.

"더 오래, 더 많이 보고 싶어서 아예 옷을 준비해 왔어. 이 근처에서 자고 일어나자마자 챙겨온 옷 입고 나왔지."

씩 웃는 모습이 얼마나 멋지고 고맙든지. 나를 위해 노력하는 모습이 정말 좋았다.

또 어느 날은 한겨울에 인사동과 삼청동에서 데이트를 한 적이 있었는데 춥다고 웅크리고 있으니 그럴 줄 알았다며 가방에 챙겨 온 머플러를 꺼내 둘러주는 세심함도 정말 좋았다.

그렇다고 뭐, 좋은 날만 있었을까. 여느 연인들이 그렇듯 우리도 다툴 때가 있었다. 뜨끈뜨끈 유난스럽게 연애하였으니 그 불똥도 남다르게 크고 많이 튀었다. 연애하다 문득 여러 장면에서 이 사람과의 미래를 꿈꾸다가도 사소한 것으로 다툴 때마다 눈 온 뒤의 차도 위처럼 마음속은 많은 생각들로 지저분해졌다.

'맞아. 연인끼리 다툼의 골이 깊어지면 헤어지면 되는데, 부부가 되는 순간 그런 것은 어려워지는 거지. 딸은 엄마 팔자 닮는다는 말도 있던데……. 결혼했다가 나도 엄마처럼 홀로 버티는 길을 택하게 되면 어떻게 해. 내가 힘들었던 것처럼 내 아이가 힘들어하면 어떻게 하지. 역시 결혼은 두려운 것이야. 나 혼자만의 힘으로 다 지켜낼 수 없는.'

사소한 것들로 부딪히면 그 본질을 서로 이야기하고 해결해야 하는데, 나는 그 본질을 해결하기도 전에 눈앞의 상황을 겁내고 피하려 했다. 연애와 결혼의 무게가 너무나 다르다고 생각했고, 그것에 따르는 책임이 나와 주변 사람들에게 어떤 영향을 끼칠지가 신경 쓰였다. 그래서 더 이상의 미래를 생각하는 것은 사치라고 결론 내리곤 했다.

여름에서 가을로 넘어갈 때쯤이었을까. 그 사람이 정말 많이 아팠던 적이 있었다. 그렇지 않아도 멀리 떨어져 있어 바로 보러 갈 수가 없어서 많이 걱정되었는데 어느 순간 휴대전화도 꺼져있었다. 부모님도 출장 가셔서 챙겨줄 수가 없다고 했는데 연락까지 끊기니 일이 손에 잡히질 않았다. 그래서 무작정 갔다. 급하게 일을 정리하고 터미널에 가서 제일 빠른 시외버스를 예매하고 무작정 그 사람 집으로 갔다.

역시나 기운 하나 없는 얼굴로 집에 누워 핸드폰도 충전하지 못하고 시름시름 앓고 있었다. 너무 안쓰러워 급하게 근처 마트에서 장을 봐 삼계탕을 끓여주었다. 많은 과정을 거치지 않고 만들 수 있는 보양식이 그것밖에 떠오르지 않았다. 살을 발라 국물에 담가 소금간을 해주고 밥을 말아주었다. 목이 아파 잘 안 넘어간다면서도 한 그릇을 깨끗이 먹었다. 그리고 뒷정리를 하고 터미널에 가려는데 나를 붙잡았다. 삼계탕을 먹으니 조금 살 것 같다며 나를 데려다주겠다고 했다. 이제 조금 기운 차렸는데 또 왕복 두 시간 이상을 운전하면 상태가 나빠질까 봐 한사코 거절하였지만, 그 사람은 완강했다. 결국 나를 집 앞에 내려다 놓고 그 사람은 대리운전 기사님을 불러 집에 돌아갔다.

얼마 지나지 않아 놀이동산 데이트를 하기로 했다. 그전에 그 사람 집에 들렀다가 부모님을 만나 뵙게 되었다. 그때 부모님께서 해주신 말씀이 있다.

"나는 우리 아들이 널 만난다고 하면 무조건 찬성이야. 두 팔 벌려 환영한다. 삼계탕 이야기 들었어. 어떻게 그런 것을 챙겨줄 생각을 했니? 나이도 아들보다 어린데 생각이 깊네. 그런데 내가 너한테 반한 이유는 다른 데 있어. 그게 무엇인 줄 아니?"

나는 알 길이 없었다. 삼계탕 끓여준 것이 다인데, 나를 데려다주겠다고 괜히 운전했다가 다시 안 좋아져서 대리운전까지 불렀는데 뭐가 부모님을 감동하게 했던 걸까. 가만히 그날 일을 상기시키고 있는데 그 사람 어머니께서 말씀하셨다.

"네가 가고 난 뒷모습을 봤는데 정말 가정교육을 잘 받았더구나. 음식을 해줄 수는 있어도 그것을 정리해 두고 가는 것까지는 신경 못 쓸 수 있는데 설거지와 주변 정리를 싹 해두고 갔더구나. 그리고 장 봐왔던 비닐봉지를 편지 접듯 예쁘게 딱지 접어둔 것 보고 이 아이와 우리 아들이 잘 만나면 참 좋겠다고 생각했지."

칭찬에 기분이 좋아진 나는 엄마와 아빠가 떠올랐다.

'엄마, 아빠. 힘든 상황 속에서도 나 잘 키워줘서 고마워. 사랑해!'

그런데 '앞으로도 잘 만나면 좋겠다.'라는 생각을 그 사람의 부모님만 한 것은 아니었다. 그날 그 사람의 부모님과 함께 보낸 시간 동안 나도 많은 생각을 했다. 우리 부모님께 지금은 볼 수 없는 모습인 두 분이 "오빠, 자기" 하시면서 다정하게 일상을 함께하는 모습을 보니 말캉말캉해진 마음을 조물조물하는 느낌이었다. 또 그것을 당연하게 바라보며 뒤에서 부모님을 챙겨주는 그 사람의 모습도 눈물이 핑 돌 만큼 고마웠다.

내가 생각하는 너무 예쁜 가족의 모습이었다. 누군가에게는 당연한 일상이었을지 몰라도 그날 그 장면은 나에게 정말 큰 의미로 다가왔다. 미래는 막연하고 두려운 것이라는 생각을 넘어 '어쩌면 나도 누군가와 다정한 일상을 따뜻하게 그릴 수도 있겠다. 이렇게 따뜻한 분들과 함께라면 오랫동안 긴장하고 살아오면서 얼어붙어 있던 내 마음도 조금씩 녹아 다시 따뜻해지지 않을까? 우리 부모님이 지금까지 노력으로 어렵게 채워주셨던 부분을 조금 더 수월하게 보완할 수 있을 것 같다.'라는 생각을 하게 되었다.

결혼 준비를 하면서 많이들 다툰다고 하던데, 연애하며 불똥이 열심히 튄 이유 때문인지 결혼식 준비를 하면서도, 신혼여행 갈 곳을 선택하고, 가구와 가전을 사면서도 우리는 별로 다툴 일이 없었다. 정말 신기하게도 우리는 생각하는 것이 비슷했고, 선택하는 것도 같아 둘 다 마음에 드는 것들로 잘 준비할 수 있었다. 그렇게 우리는 "자기야"에서 "여보"라고 부르는 사이가 되었다.

결혼 후 내 마음속에 우리의 결혼생활을 키워 줄 씨앗이 생겼다. 조금씩 조용히 잘 자라고 있는 듯했는데, 그 옆에 잡초가 생겼다. '내가 결혼 생활을 잘할 수 있을까? 나도 힘들지 않고, 남편도 힘들지 않게 잘 해낼 수 있을까? 잘못해서 결과가 좋지 못하면 어떻게 하나? 다툼이 생겼다가 안 좋은 결말이 생기면 어떻게 하나?'하는 걱정 잡초들. 생길 때마다 밟아버렸는데 밟으니 더 억세게 자란다.

이것들을 어떻게 해야 하는지 갈피를 못 잡은 그때, 신랑이 조용히 들어와 그 잡초들을 뽑기 시작한다. 땅이 망가지지 않도록 살살 달래가며 잡초를 뽑고 그 자리를 꽃삽으로 토닥토닥 다져준다. 잡초는 걱정하지 말라며, 이곳에 우리 씨앗은 예쁘게 싹이 터서 잘 자라고 있다며 다져주고 물도 준다. 남편 덕분에 나는 안정된 속도로 단단하게 자라고 있다.

남편은 나에게 이런 말을 참 많이 해준다.

"여보 덕분에 내가 좋은 사람이 되는 것 같아.", "넌 누구보다 잘하고 있어. 나라면 그렇게 못했을 텐데 정말 대단해.", "나는 당신이 진행하는 것은 다 믿어, 다 괜찮아.", "언제든 내가 옆에 있을게." 등. 남들은 전우애와 같은 의리로 사는 부부 사이라고들 하는데 아직도 연애하며 할 법할 말들을 자주 해준다. 그 덕분에 나는 온전하고 곧게 잘 자라고 있다.

남편은 아이들과의 시간도 소중히 다룬다. 보통의 부모는 '아이들과 놀아준다.'라고 표현하는데, 아이들과 시간 보내는 남편을 보고 있으면 '와! 정말 재미있게 같이 잘 노네.'라는 생각이 든다. 남편은 놀아주지 않고 정말 진심으로 논다. 아이와 함께하는 것이 이 세상 최고로 즐거운 일인 것처럼 함께 논다. 남편이 부모님께 마음을 다했던 모습처럼 이제는 아이들에게 그 마음을 다하고 있다.

보면서 정말 많이 배운다. 아이들에게 어떻게 하면 더 큰 사랑을 전해줄 수 있는지, 마음속 새싹을 어떻게 키워주는 것인지, 필요 없는 잡초는 어떤 것이고 그 잡초는 어떻게 해야 아이의 땅을 망가뜨리지 않고 뽑을 수 있는지, 아이들의 땅과 새싹을 평온하게 키워줄 수 있는지 가르쳐 주는 멋진 어른이다.

지치거나 힘든 날 일하다 잠깐 시간이 나서 남편에게 메시지를 보낸다.

"여보, 우리 오늘 저녁 뭐 먹을까? 우리 오늘 저녁 일정은 어떻게 돼?"

나는 매분 휴대전화를 보며 소통한다. 매시간 휴대전화를 보며 일을 처리하고, 매일 휴대전화를 보며 세상일을 알거나, 재미있는 내용을 보기도 하며 새로운 것을 배우기도 한다. 한마디로 나는 휴대전화를 시도 때도 없이 본다.

휴대전화는 항상 내 사정거리 1m 안에 있다. 항상 내 손이 닿는 곳에 있고, 알림이 울리면 되도록 빨리 확인한다. 그러다 너무 많이 봤다 싶으면 일부러 충전기를 꽂아 멀찍이 두기도 한다. 휴대전화를 많이 보면 몸에 좋지 않은 영향을 끼친다고 해서 의식적으로 보지 않으려고 꺼놓기도 하는데 얼마 못 가 궁금해서 다시 켜 보게 된다.

어느 날 그런 생각이 들었다. 남편이 꼭 휴대전화 같다는 생각. 내 옆에 당연히 있어야 하는 존재. 나에게 많은 것을 주고, 자꾸 궁금해서 보고 싶게 하는 것이 똑같다고 생각했다. 가까이 두고 계속 보고 있다가 열이 나기 시작하면 잠시 멀찍이 떨어뜨려 두기도 하는 것까지 같다. 휴대전화는 언제든 충전해서 사용 가능하지만 계속 쓰다 보면 성능이 떨어지고 유행에 뒤처진다.

아마 남편과 나도 언젠가는 그렇게 되지 않을까? 부부로 오랜 기간 살다 보면 점차 서로 느슨해지는 시기가 올 수도 있고, 젊었을 때보다 유행에 뒤처지고 서로를 챙기는 능력이 떨어질 수도 있을 것이다. 다만 한 가지 확실한 것은 타임머신을 개발하지 않는 한 아무리 대단한 신기술이 생긴다고 한들 우리 둘이 쌓아온 시간의 조각은 새것으로 대체될 수 없다. 새로운 휴대전화를 살 수는 있겠지만, 그전에 쓰던 휴대전화에 쌓아왔던 모든 추억은 그 안에 담겨있기 때문에 고이 담아 내 서랍 한편에 소중하게 보관하게 된다.

사진, 목소리, 영상, 일기, 메모, 일정 등 다양한 나를 담고 있는 휴대전화처럼 작았던 어제의 나와 열심히 크고 있는 지금의 나, 탐스러운 모습으로 커져 있을 내일의 나를 모두 담고 있는 남편은 내가 나이가 들어 꼬부랑 할머니가 되어도 서랍에 소중하게 보관해야 할 내 소중한 휴대전화다.

아이들을 다 키우고 다시 남편과 둘이 함께 데이트하게 될 수 있는 날의 추억은 어떤 장면으로 담으면 좋을까? 이것저것 즐거운 상상을 하니 자꾸 웃음이 난다. 다행이다. 이 사람과 함께 하는 미래가 기대되고 설레는 것을 보니 이제 나에게 결혼은 신경을 곤두세우고 주변을 살펴야 하는 불안함이 아니라 내 하루를 더 온전하고 굳건하게 지탱해 주는 것이 되었나 보다.

갈수록 네일아트가 화려해지는 까닭

"선생님. 혹시 실례가 안 된다면 분만실에 카메라를 설치해도 될까요?"

의사 선생님이 놀란 눈으로 나를 쳐다보며 되물으셨다.

"네? 카메라요?"

"네. 사실은 텔레비전에 나오는 육아 프로그램처럼 저희도 첫아이 출산 기념 장면을 남겨놓고 싶어서요. 분만 장면은 나오지 않게 각도를 조절해서 진통부터 출산하는 과정까지 시계를 옆에 두고 찍고 싶어요. 그렇지만 선생님 진료에 방해가 된다면 하지 않을게요."

이야기를 듣던 선생님이 껄껄 웃으신다. 가끔 뉴스에서 볼 법한 의료사고 같은 것 때문에 카메라 이야기를 꺼내는 것인 줄 아셨던 의사 선생님은 진지하고 조심스럽게 말하는 우리 얼굴을 보고 크게 웃으시면서 대답하셨다.

"네. 그러세요. 엄마 예쁘게 하고 와야겠네. 진통도 예쁘게 견디고. 딱 첫아이 엄마답네. 둘째 때 되어봐라. 그런 것들이 눈에 들어오나.

어쨌든 엄마, 아빠 힘내세요."

며칠 뒤 드디어 신호가 왔다. 힘써야 하니 마지막으로 맛있는 점심을 먹고 오라는 의사 선생님의 말씀에 근처 닭볶음탕 집에서 남편과 밥을 먹고 집에 가서 샤워하고 챙겨두었던 출산 가방(출산하면 조리원에 있는 기간까지 꽤 긴 시간을 집에 올 수 없으니, 병원에서 생활할 때 필요한 준비물을 가방에 미리 싸 놓는다.)을 들고 병원으로 복귀했다. 18시간을 꼬박 진통하면서 나는 정말 예쁘게 있었다. 촬영한다는 생각과 내가 소리 지르면 아이가 스트레스 받는다는 누군가의 말에 소리 한 번 지르지 않고 호흡하며 평정심을 유지하려 애썼다. 얼마 지나지 않아 간호사 선생님이 말씀하셨다.

"엄마 아이 머리 보여요. 엄마 7시쯤이면 진짜 엄마네!"

그런데 더 이상의 진전이 없다. 간호사 선생님의 예상 시간도 점점 미뤄진다. 7시였던 예상 시간은 7시 30분, 8시, 9시가 넘었다. 간호사 선생님께서 갑자기 분주하게 기계를 끌고 와서는 여기저기 붙이고 소리를 듣는다. 나중에 오신 의사 선생님이 말씀하셨다.

"엄마. 안 되겠다. 아이 심장 소리가 안 좋아지고 있어요. 수술로 진행할게요. 더 기다리면 엄마, 아이 모두 위험해."

너무 속이 상했다. 카메라를 설치해서 예쁜 척하느라 힘을 제대로 못 준 것인지, 힘을 주는 방법을 몰랐던 것인지 지금껏 아픈 것도 꾹 참고 있었는데 수술실에 들어가야 한다고 생각하니 눈물만 하염없이 흘렀다. 침대에 누워 수술실에 도착하고 팔, 다리를 고정하는데 그때부터 두려움이 밀려왔다. 23시간이 넘도록 잘 참아왔던 것들이 터져 병원이 떠나가라 울며불며 비명을 질렀다.

오전 11시 40분. 드디어 우리 맑음이가 태어났다.

그러고 나서 내가 마취에서 깨 정신을 차렸을 때, 문을 열고 들어오는 엄마의 모습을 나는 잊을 수가 없다. 온 가족이 함께 축하 인사를 하며 들어오는데 내 눈에는 나와 눈이 마주치자마자 고개를 푹 숙이고 나에게 걸어오는데 어깨가 떨리는 엄마의 모습만 보였다. 나중에 엄마가 말해주기를, 아직도 본인에게 너무 아기 같은 내가 애를 낳았다는 것은 너무나 신기하고 감사하지만, 내가 핏기 없는 얼굴로 입술이 바짝 말라 수액 줄을 몇 개씩 잔뜩 연결하고 누워있는 모습이 안쓰럽기도, 대견하기도 해서 감정이 복받쳤다고 한다.

그렇게 지금까지와는 전혀 다른 삶이 시작되었다. 2시간 이상을 푹 잘 수 없는 삶이었다. 처음 겪어보는 상황에 적응하는 데에도 꽤 많은 시간이 필요했다. 아이에게서 보이는 내 모습이 너무 기특하기도, 가끔은 속상하기도 했다. '닮지 않았으면…….'했던 것들도 어쩌면 이렇게 똑같이 닮을 수 있는지 육아하며 마주하는 모든 순간은 신기함의 연속이었다.

출산 전부터 육아 도서를 꽤 많이 읽고 육아전문가와 소아과 전문의 선생님의 강의도 많이 들으러 다녔는데 이상하게도 육아는 책처럼 되지 않았다. 책에서는 분명 이렇게 하면 손쉽게 육아할 수 있다고 했는데 우리 아이에게는 통하지 않는 것들이 너무 많았다. 옛날 어른들 말씀에 애 보느니 밭맨다고 하는데 그 말이 딱 맞다. 누가 월급을 준다고 해도 쉽지 않은 일이다. 육아는 매일 새로운 도전과 인내를 반복해야 하는 극한의 업무 강도였다. 게다가 휴무와 퇴근이 없고 연차, 월차, 휴가도 없다. 365일 연중무휴 24시간 대기 상태여야 한다. 내가 입력한 값대로 결과가 출력되어 나오지 않는 경우도 허다하다. 육아휴직 후, 집에서 아이와 함께 있으면서 매일 생각했다.

'이 힘든 업무 강도를 모두 성공적으로 견뎌낸 경험과 인내심이면 경력 단절이 아니라 회사에서 우선순위로 뽑아야 하는 것 아니야? 이것은 정말 인정해 줘야 한다. 이 일을 어떻게 두 번, 세 번 하지? 정말 다둥이 엄마는 애국자가 맞네!'

그렇게 생각했던 나도 시간이 조금씩 갈수록 이 생활에 적응하기 시작했다. 육아가 할 만해졌을 때쯤 둘째 좋음이가 찾아왔다. 첫째를 어렵게 가졌던 나에게는 생각지도 못한 선물이었다. 둘째 출산 예정일 이 주일 전부터 나의 계획은 매우 빡빡했다. 이제 둘째가 태어나면 많이 힘들어할 첫째에게 온전히 집중해 주고 싶어서 전국 각지의 공연, 나들이, 놀이공원 등을 다양하게 예매해 두었다. 만삭의 몸으로 내 한 몸 불살라보겠다며 의지를 불태웠다. 그런데 뉴스에서 외출이 안 된다고 한다. 아주 무서운 병이 돌고 있다고. 코로나다. 전염성이 너무 강하고 치사율이 높아 뉴스에서는 매일 몇 명이 걸렸고, 몇 명이 사망했는지 보도해 주었다. 누가 한 명 걸린 사람이 있으면 그 사람의 모든 동선을 조사하고 알려주었다. 그래서 예약해 둔 모든 일정을 취소하였다. 약도 마음껏 먹을 수 없는 임산부였으므로 첫째도 만족할 만큼 챙겨주지 못하고, 나도 하고 싶었던 것을 하나도 하지 못한 채로 둘째를 낳았다.

코로나가 유행이었기 때문에 첫째도 어린이집에 보내지 못하고 함께 붙어있었다. 첫째가 동생 때문에 받는 스트레스는 마치 배우자가 첩을 집에 데리고 오는 충격과 맞먹는다고 한다. 그런데 24시간을 함께 지내며 둘째를 안아주고 모유 수유하는 장면을 계속 봐야 했으니, 첫째에게는 하루하루가 얼마나 힘든 시간이었을까. 어디를 나갈 수도 없고, 첫째랑 분리된 시간을 보낼 수 없어 걱정되던 차에 결국 일이 터졌다.

"어, 어, 어…어, 엄……어…엄, 엄…엄마."

두 돌도 되지 않아 완벽한 문장으로 엄마와 대화를 나누던 첫째가 어느 날 갑자기 말을 더듬기 시작했다. "엄마"를 부르려고 한참을 노력하다 본인 스스로 잘되지 않으니 입을 닫아버렸다. 엄마를 부르지도, 하고 싶은 것과 먹고 싶은 것도 말하지 못했다. 힘들게 말하는데 성공하더라도 말이 연결되지 않으니 그 말은 엄마만 알아들을 수 있었다.

양쪽의 할머니, 할아버지를 비롯한 가족들과 주변 친구들과 통화를 하게 되더라도 아이가 모르게 먼저 양해를 구하고 아이의 말더듬증에 대해 언급하지 말아 달라고 부탁하였다. 다들 그러기 위해 부단히 애를 쓰고 더 귀 기울여 아이의 말을 경청해 주었으나 아쉽게도 아이를 바라보는 안쓰러운 눈길까지는 숨길 수가 없었다. 고맙지만 부담이었던 그 눈길에 아이가 상처받을까 싶어 나는 아이를 더 감싸 안았다.

육아전문가는 아이가 말더듬이나 틱 같은 문제행동이 생기면 그것이 주목받지 않도록 모르는 척을 하라고 했다. 엄마가 그것에 대해 계속 불안해하고 힘들어하면 아이도 엄마의 감정을 그대로 전달받아 좋지 않기 때문이다. 그래서 아무 일도 없는 척 속앓이만 하며 지옥 같은 하루를 보내고 밤이 찾아오면 그대로 내 세상도 무너지는 것 같았다. 아이가 잠자리에 들면 아이의 발을 만지며 삼신할머니부터 세상에 내가 알고 있는 신은 다 부르며 예전에 수다쟁이 딸로 돌아오게 해달라고 기도했다. 아이의 발을 어루만지며 엄마가 너무 미안하다는 사과를 연신 해댔다.

힘들어하는 첫째를 보며 엄마로서 해줄 수 있는 것이 없는 것도 너무 속상하고 미안한 일이었지만, 둘째에게도 너무 미안했다. 그래도 첫째는 혼자 오롯이 사랑을 받았던 경험이라도 있는데 둘째는 태어날 때부터 부모의 사랑을 포함한 모든 것을 나누어야 하고, 온전한 자기 것은 없으며, 집 밖에서 다른 것을 경험할 수도 없고, 엄마와 아빠는 첫째의 눈치를 보느라 둘째를 마음껏 안아줄 수도 없어 항상 흔들의자에 눕혀놓기만 했으니까 말이다. 첫째의 모든 성장은 나에게 기적이었는데 첫째의 상황과 주변의 제약들로 정신없이 몇 달이 지나고 나니 둘째는 벌써 위, 아래 앞니도 다 났고 혼자 뒤집고 기고, 물건을 잡을 수 있었다. 혼자서 얼마나 열심히 큰 건지 그 또한 신기함의 연속이었다. 둘째가 태어나면 첫째만 유독 안쓰러울 것 같았는데 둘 다 만족할 만큼 품어주지 못하는 내 품이 손톱만큼 작아 보였다.

나는 어렸을 때부터 손톱을 많이 깨물어 손톱이 성할 날이 없었다. 위, 아래가 아닌 옆으로 길쭉한 손톱이 살을 파고들며 자라 손톱 주변은 항상 물어뜯은 상처들로 피가 나고, 염증 때문에 퉁퉁 부어있어 개구리 손이 따로 없었다. 그래서 나는 항상 주먹을 쥐고 다녔다. 손을 자신 있게 내보일 수가 없어 손을 움켜쥐었다.

20살. 대학 새내기의 꿈에 부풀어 입학 준비를 하던 어느 날 나는 네일아트라는 것을 알게 되었다. 요즘은 길 가다 흔하게 네일아트 매장을 볼 수 있지만 그때만 해도 네일아트라는 것은 정말 생소했다. 문구점이나 화장품 가게에 잔뜩 쌓여있는 매니큐어 중 마음에 드는 색깔을 싼값에 여러 개 살 수 있는데 매니큐어를 대신 발라

준다고 그 비싼 돈을 내야 한다니……. 처음엔 누군가와 단둘이 마주 보고 앉아 손을 내밀고 있어야 한다는 것도 낯설고 돈이 아깝다고 생각해서 선뜻 들어가지 못했다. 며칠 내내 갈지 말지 고민을 계속하다 결국 받기로 하고 한 시간 꼬박 네일아트를 받고 나오니 아주 조금은 봐줄 만한 손이 되었다. 발라보고 싶었던 매니큐어 색도 직접 고르고 서비스라며 붙여준 스티커가 꼭 보석을 박은 것처럼 반짝였다. 나는 주먹을 쥐지 않고 걸었다.

비싼 돈을 들여 만족스러운 네일아트를 받았는데 그 손톱을 또 깨물고 있을 수는 없었다. 손톱을 깨무는 습관을 내 의지로 고칠 수 없을 것이라 여겼는데, 네일아트를 한 이후로는 더 이상 손톱을 깨물지 않았다. 나에게 네일아트는 안 좋은 습관을 고쳐주고 얇고 뒤집히는 손톱이라는 단점을 덮어 주며 더 나아가 자신감을 느끼게 해주는, 나를 즐겁게 해주는 것 중 하나가 되었다. 손이 예뻐지니 위에 보석을 붙여보기도 하고, 패턴이나 무늬도 넣어보았다. 새로운 네일아트를 받을수록 점점 내 네일아트는 화려해졌다. 그만큼 내 자신감도 커졌다.

나에게는 우리 아이들 역시 그렇다. 아이들은 나의 단점을 덮어주고, 자신감을 느끼고 즐겁게 살 수 있게 해주는 존재다. 아이들 덕분에 나는 좋지 않은 습관을 고치려고 노력하고 있다. 아니, 반강제적으로 무조건 고쳐야 했다.

나는 혼자 지낼 때는 배가 고프더라도 귀찮으니, 끼니를 자주 건너뛰었다. 그러다 더 이상 참기 힘들 때 간편하지만 몸에 좋지 않은 음식들로 대충 때웠다. 그런데 아이가 생기고는 그렇게 할 수가 없었다. 임신했을 때부터 모유 수유를 할 때까지도 나는 음식을 가려먹어야 했다.

'이 음식은 아이의 아토피를 유발할 수 있다더라, 이 음식은 아이의 뇌 발달에 좋다더라.'

조심해서 먹어야 할 것도 많고, 절대 먹으면 안 되는 것들도 있고, 챙겨 먹어야 좋은 것들도 있었다. 되도록 즉석 음식을 줄이고, 자연식과 몸에 좋은 것들로 매 끼니 건강하게 먹으려 애썼다. 아이를 출산하고 모유 수유가 끝난다고 끝이 아니었다. 아이를 건강하게 먹여야 했으니 대충 끓여 먹는 라면 같은 것이 아닌 제대로 된 요리를 해야 했다. 그러다 보니 자연스레 즉석 음식을 먹는 횟수가 줄어들었다.

또 나는 해야 할 일을 미루었다가 기한이 닥쳐서 하는 경우도 많았는데 육아는 미루었다가 할 수 있는 것이 없었다. 아이가 배가 고픈 것도, 기저귀를 가는 것도 즉시 해결해 주어야 한다. 아이가 아픈데 내가 피곤하다고 간호를 미룰 수 없으니 밤새워 간호하며 열을 점검하며 물수건으로 아이를 닦아주어야 했다. 모든 것을 물고 빠는 시기에는 청소도 미룰 수가 없었다. 외출도 귀찮아 집에서 뒹굴뒹굴하기를 좋아했던 나는 아이가 크고는 밖의 날씨를 살피느라 바쁘다. 나가자고 노래를 부르는 아이 때문이기도 하고, 이 좋은 날씨에 집에만 있는 아이가 안쓰러워 다양한 경험을 시키고 싶어서이기도 하다.

아이는 부모의 거울이라는 말을 매 순간 실감한다. 내가 하는 좋은 행동과 좋지 못한 행동 모두 아이에게 보일 때가 있으니 말이다. 그래서 나는 조금 더 나은 사람이 되려고 노력 중이다. 나는 극한의 업무 강도를 버텨왔고 앞으로도 잘 해내야 하는 '엄마'니까.

가끔 '내가 아이를 낳지 않았더라면 이렇게 변할 수 있었을까?' 싶을 때가 있다. 콩만 한 크기로 내 몸속에 생겨서 열 달을 함께 하고 세상에 나온 내 아이. 아직 내가 자기의 온 세상인 내 아이에게 조금 더 좋은 엄마가 되어주고 싶은데 지나고 나면 많은 부분에서 아이를 위해 하려 했던 행동이 내가 서툴기 때문에 했던 잘못임을 깨닫는다.

아직 부족한 초보 엄마이고, 경험해 본 적이 없으니 앞으로도 실수투성이겠지만 아이를 사랑하는 마음과 내가 더 나은 사람이 되고 싶어 노력하는 정성을 담으면 우리 아이도 그 진심을 알아주지 않을까? 건강하고 밝게 자라주어서 고마운 우리 맑음이와 좋음이의 앞날도 언제나 햇볕 쨍쨍 맑은 날만 가득하기를. 항상 힘든 일보다 좋은 일이 더 가득했으면 좋겠다. 혹시나 아이들에게 힘든 일이 생기더라도 나에게 네일아트가 그랬듯 아이가 마음의 위안을 얻을 수 있는 그 무엇을 잘 찾았으면 좋겠다.

오랜만에 아이와 함께 네일아트를 받으러 다녀왔다. 20살의 내가 처음 네일아트를 받으며 느꼈던 마음을 우리 아이는 알 리 없지만 예쁘게 꾸민 손톱이 정말 마음에 든다며 함박웃음을 짓는 데 그 얼굴이 너무 예쁘고 눈부셔 꽉 안아주었다. 항상 우리 아이의 모든 순간이 이렇게 눈부시게 밝았으면 좋겠다.

어제보다 오늘은 한 아름 더 사랑스럽다. 오늘 밤에도 아이들을 이불 속에서 꼭 안고 이렇게 말해준다.

"엄마에게 와 줘서 고마워. 온 마음을 다해 사랑해."라고.

프린트 할아버지의 기침소리

나는 참 바빴다. 17살 때부터 아르바이트를 쉬어본 적이 없었다. 학교를 졸업하고는 겹벌이, 세 겹 벌이를 하기도 했고 인정받기 위해 애쓰며 살았다. 결혼한 직후에도 나는 왕복 3시간의 거리를 새벽같이 나가 늦은 밤이 되어서야 퇴근했다. 그렇게 바쁘게 사는 동안 힘든 날도 있었지만, 돌아보면 모든 순간이 행복했고 감사했다.

그렇게 시간이 지나 아이들을 낳고 키우다 보니 육아도 참 좋은 경험이었다. 아이와 이야기하다 보면 내가 생각지도 못한 예쁘고 창의적인 말을 할 때 감탄하기도 하고, 가끔 육아가 힘들면 만나는 육아 동지들도 큰 힘이 되었다. 시부모님과 시동생 내외가 가까이 살아 이것저것 챙겨주시고 자주 만나는 것도 옛 친구 하나 없는 타지에서 결혼생활 하며 적응하는 데 큰 도움이었다.

조금씩 내 생활에 적응하면서 여유가 생기니 이제 나를 찾고 싶어졌다.

드디어 현관에 큼지막하게 내 이름을 걸고 공부방을 시작했다. 대학 때부터 계속해 왔던 전공 분야이기도 하고, 내가 좋아하며 할 수 있는 일이라 준비하는 과정부터 정말 신이 났다. 처음 현판을 현관문에 붙이던 날에는 정말 눈물이 날 만큼 행복했다. 물론 아이가 아직은 어려 손이 많이 가니 내가 육아와 집안일, 공부방 운영을 집에서 모두 병행할 수 있을까 싶어 고민하였지만, 하고 싶은 마음을 억누를 수가 없었다.

소규모로 운영할 생각이었는데 사고 싶던 프린트기는 생각보다 비싼 금액이라 내가 그 가격만큼 사용할 수 있을까 싶어 끝까지 망설였다. 웬만한 것들은 먼저 사고, 끝까지 몇 날 며칠 고민했던 프린트기도 결국 샀다. 결제하고 설치를 하던 날 다짐했다.

'아! 앞으로는 지금보다 더 열심히 살아야지.'

그렇게 근 이 년을 정말 박 터지게 살았다. 내가 일하는 분야에서 인정받기 위해서 공부하고, 연구하고, 끊임없이 준비했다. SNS에서 보여주는 다양한 사진과 사람들을 볼 때마다 내가 한없이 부족한 것 같고 내가 열심히 하는 것이 드러나지 않는 것 같아 더 조바심이 났다.

관련 분야 책도 계속 읽고, 강의도 보이는 대로 신청하고 들었다. 연구를 위해 서점에 가서 책을 종류별로 쓸어오기도 하고, 주말에는 관련 자격증 시험을 보러 새벽같이 이동하기도 했다. 어느 날은 강의를 중복으로 신청하여 휴대전화와 탭, 두 가지를 틀어놓고 오디오를 섞어 듣기도 하고, 밤 강의는 아이를 재우며 화면을 꺼두고 이어폰을 꽂고 듣기 일쑤였다. 아이들을 재우고 나면 그때부터 나의 업무시간이 시작됐다. 그렇게 일을 하다 보면 밤잠은 많이 자야 4시간이었고, 1~2시간 쪽잠을 자고 일어나기도 부지기수였다.

그렇게 내가 열심히 하는 동안 나의 프린트기도 밤낮없이 일했다. 그런데 어느 순간부터 프린트기가 자꾸 종이를 먹어버렸다. 나는 너무 바쁜데, 구깃구깃 다 찢어진 종이를 억지로 물고 뱉어내지 않은 채 나를 골린다. 그리고 첫 장을 뽑으려고 할 때면 아주 걸걸한 기침소리도 냈다. 들으면 다들 귀를 막는 소리. 우리 아이들은 그 소리를 들으며 이야기했다.

"선생님. 프린트 할아버지 또 어디 아픈가 봐요. 인제 그만 쉬시라고 해요. 종이 뽑지 말아요. 이러다 진짜 할아버지 돌아가시겠어요."

진짜 그럴 것 같았다. 비싸게 주고 산 프린트기가 벌써 이렇게 골골대면 안 되는데, 갈수록 상태가 안 좋아지는 것 같았다. 돌아보면 그즈음부터였다. 아직도 나는 일이 너무 재미있었지만, 점점 힘에 부치는 것들이 생기기 시작한 것이.

새로운 것들을 배우는 것도 좋고, 발전해 가는 내 모습을 보면서 스스로 뿌듯해하는 그 기분도 좋고, 내 주변에서 긍정적인 피드백과 소개를 받는 것도 정말 좋았다. 인정받으며 이름을 알리는 지금 상황이 너무 감사하고 기쁘면서도 자꾸 의구심이 들었다.

'내가 잘 가고 있는 것이 맞나? 이 방향이 맞나? 얼마나 더 가야 할까? 끝이 있기는 한 것일까? 끝은 무얼까? 나는 무얼 더 준비해야 좋을까?'

이상한 것은 이런 생각이 커질 때마다, 그렇게 재미있었던 공부와 강의들은 나에게 부담으로 다가왔고 들으면서도 혼란스러웠다. 지금 배우고 있는 이것이 나에게 도움 되는 것이 맞는지, 나는 이 배움을 알차게 쓸 수 있는지, 무엇이 우선순위가 되어야 하는지 모든 것이 고민이었다. 그리고 이 년을 잘 챙겨 먹지 않고, 잠도 못 자며 일에 미쳐있었으니 몸이 이상 신호를 보내기 시작했다. 어느 날은 목이 굳어 견인 치료를 받고, 어느 날은 가슴이 답답해서 심장초음파를 하고, 담당 트레이너마저 지금은 운동하기 어려운 몸이라고 혀를 내둘러 운동 시간 내내 근육을 푸는 것에만 집중하기도 하였다. 어느 순간 소화도 시키지 못하고 흡수도 못하면서 억지로 먹고 골골대는 모습이 꼭 우리 집 프린트기 같았다.

As 기사님이 우리 집 프린트기는 고칠 방법이 없다고 했다. 그냥 다시 고장 나서 멈출 때까지 쓰다가 새것으로 바꾸라고 했다. 프린트기는 안타깝게도 시한부 판정을 받은 것이다.

처음에는 이 비싼 프린트기를 고치지도 못하고 그렇게 쓰다가 버려야 한다는 것이 이해되지 않았고, 화도 났었다. 그런데 이상한 것은 기사님께 그 말을 듣고 한바탕 혼자 프린트기를 노려보며 화를 내고 나니 앞으로 내가 해야 할 것이 차분하게 정리가 되었다. 프린터기는 이미 시한부 판정을 받았으니 고치려고 애쓰지 말고, 그냥 잘 달래며 쓸 수 밖에 없다. 나도 마찬가지다. 그냥 해야 하는 일을 묵묵히 계속하는 방법밖에 없다. 하면서 지치지 않도록 내가 덜 힘들게 일을 할 수 있는 방향을 찾아야 한다. 그래서 지치지 않고 방향을 잡을 수 있도록 내 내실을 조금 더 다질 수 있는 공부를 다시 시작하였다. 내 프린트기가 언제 나를 떠날지 모르지만 남은 시간 동안 알차게 나와 함께 할 수 있기를 기도하며 나는 내가 할 수 있는 일을 순서대로 묵묵히 해 나가고 있다.

돌이켜보면 내 모든 순간에는 가족이 있었다. 사진첩에서 본 내 어릴 적 꽃나무 밑 우리 가족은 지금은 조금 다른 모습이지만 여전히 나를 지켜주고 남들과 다른 방식으로 사랑을 전해준다. 그리고 그 모습이 서로에게 상처가 되지 않도록 더 조심하며 서로를 감싸준다.

그리고 내 핸드폰에 있는 지금의 나와 꽃나무 밑 우리 가족은 그 어떤 조명보다 빛이 난다. 사랑스럽고 씩씩한 두 아이와 항상 나를 응원해 주는 남편 덕분에 나는 부족함 없는 행복을 누리고 있다.

찰리 채플린이 그랬던가? 인생은 가까이서 보면 비극, 멀리서 보면 희극이라고.

모든 명언은 가슴에 울림을 주지만 이 명언은 특히 더 그렇다. 나는 아직 산 날보다 살아갈 날이 더 많지만, 지금까지는 그랬다. 그 당시 너무 쓰리고 아팠던 일들도 지나고 나니 내 인생에서 별로 큰 부분을 차지하지 않는, 편하게 이야기하며 웃어넘길 수 있는 일이 되었다. 그때는 도저히 내가 버티고 서있을 수 없을 큰 태풍이라고 생각했던 일들도 사실 내 마음속 새싹이 자라 우거진 숲을 이루기 위한 단비였음을 이제야 깨닫는다.

나는 남들과 조금은 다른 삶을 살아왔다. 물론 세상 사람들 모두 사는 모습이 같지 않으니, 남들과 다른 모습을 가지고 사는 사람들은 많을 것이다. 그렇지만 남들과 다르다고 해도 괜찮다. 그때만 해도 조심스러웠던 가족사가 지금은 이렇게 책에 적어도 아무렇지 않을 만큼 별일이 아닌 것이 되기도 하는 것처럼 앞으로 더 먼 미래는 또 세상이 어떻게 변할지 모르고 남들과 조금 다르게 지내왔지만 나는 그 다름에 적응해 오며 잘 살아왔으니 말이다. 예방주사를 맞으면 그 질병을 막거나 버티는 데 더 강해지는 것처럼 나는 또 다른 일에 버티는 힘이 남들보다 조금 더 강하지 않을까?

나는 튼튼한 현관문이 되고 싶다. 부모님께는 부모님의 공간을 온전히 지켜주는 크고 멋진 문이, 우리 아이들에게는 안전한 울타리가, 남편에게는 퇴근하고 힘든 몸을 쉴 수 있도록 얼른 열고 싶은 현관문이 되고 싶다. 또 주변 사람들에게는 두근두근 즐거움을 기대하게 하는 공간의 시작이고 싶다.

삐거덕거리지 않고 내 자리에서 언제나 녹슬지 않는 튼튼한 문으로 살고 싶도록 나를 세워주는 그대가 있어 정말 많은 힘이 됩니다.
고맙습니다.

슬픔의 땅에 싹이 트다

박경옥

박경옥

100세 시대에 맞춰, 나만의 은퇴 후 삶을 새롭게 찾기 위해 노력하고 있는 인생 여행자입니다. 현재는 댄스 강사로 활동하며 새로운 도전을 통해 삶의 다양한 측면을 탐험하고 있습니다. 평생 학습의 중요성을 믿고, 책과 글쓰기를 통해 마음의 근력을 강화하며 인생을 풍요롭게 만들어가고 있는 생활철학, 심리학에 깊이를 더하고 있는 중입니다.
나 자신을 계발하면서 동시에 내 이웃들에게 정서적인 도움과 행복한 에너지를 전하는 것을 목표로 삼아, 진취적이고 긍정적인 마인드로 삶을 살아가고 있습니다. 앞으로도 계속 성장해서, 은퇴 후 내 이름 석자에 빛이 되는 제 3의 인생을 만들어나가기를 기대하고 있습니다.
인스타그램@klinedance

슬픔의 땅에 싹이 트다

남편이 떠나고 나만 혼자 남았다
홀로라는 두려움
다른 사람에게 쉬운 일이 왜 나에겐 힘들까
50의 자유 속에 서있는 거울 속의 난
미래의 내가 지금 나를 필요로 하네

남편이 떠나고 혼자 남았다.

믿음이 깨어지는 순간이다 친구 같은 남편의 긴 외출이다. 대책도 없이 공포선언을 던지고 휑하니 밖으로 나갔다. 내 귀를 의심하는 순간이지만 현실이다. 그는 기약도 없이 다른 도시로 직장 이동이다. 홀로 남겨진 나를 의식조차 했을까? 도대체 나라는 존재가 그에게 무엇인가? 아니 부부라는 이름이 무엇인가? 물론 의논을 하긴 했지만 당연히 반대했다. 여긴 타국이라 부부가 의지를 많이 하고 살게 된다. 그래서 생각조차 안 해 본 일이었기 때문에 그 말이 가슴을 땅끝까지 밀어붙였다.

이제부터 철저하게 혼자 생활을 해야 한다는 사실이 공포스럽고, 두려움에 아무런 생각도 할 수가 없다. 남편이 원망스럽고 내가 너무 바보 같다. 나에게 이런 날이 있을 거라곤 상상조차 해 본 적이 없었다, 드디어 남편은 떠나고 나만이 덩그러니 집에 남게 되었다. 살아가는 생활 자체를 내 몸 덩어리 하나 빼놓고 남편한테 의지하고 지내왔으니 당연히 나에게 공포였다.

이 나이 되도록 내가 뭘 하고 살아왔다 말인가? 덩그러니 남겨져 있는 텅 빈집이 왜 이렇게 크게 느껴질까 …….

무엇을 먼저 해야 하나 …….

남편이 만든 반찬들이 냉장고 안에서 주인을 기다리고 있었지만 뱃속에서 밥 달라고 소리치는데도 먹을 수가 없었다. 어떤 상황이 벌어 질지 모르겠지만 일단은 일이 먼저니 내일 생각 하자. 일하는 중에도 머리가 복잡했다. 내가 내 힘으로 해결할 수 있는 일이 많지가 않았다. 평생을 남편에게 모든 것을 의지하고 살아와 아무것도 할 수 없는 아이와 같다. 집안에 필요한 기본적인 일도 모를 정도로 모든 것을 도맡아 처리했다. 산다는 것이 두렵다는 걸 처음으로 실감하게 되었다. 누구에게나 듣던 홀로서기 연습을 해야 한다는 말이 지금 이 순간 이렇게 빨리 올 줄 몰랐다.

여긴 여름엔 너무나 덥다. 100도는 기본이고 에어컨이 없으면 호흡이 턱 밑에까지 차 올라와 견딜 수가 없는 곳이다. 차에서 내려 걸어가는 것조차 힘들 정도의 더위와 씨름을 해야 한다. 어느 날 현관문을 열자마자 에어컨을 켰더니 갑자기 웬 대포 소리가 천지를 진동하였다. 큰일이 났다는 것을 직감했다. 에어컨 기계 고장이다. 땀을 흘리며 며칠을 견뎠다. 사위에게 물어보아도 에어컨 작동 방법을 알 수가 없었다. 물론 남편도 자세히 설명을 해 주었지만 이해하긴 힘들었다. 온몸엔 땀이 범벅이 되어 물을 계속 마시면서 견뎠다. 부탁을 할 수 있는 사람은 있지만 혼자 있다는 것을 누구에게도 알리고 싶지 않았다. 전기와 인터넷 문제가 제일 걱정되었다.

집에 오는 발길이 너무 무거웠다. 힘겹게 문을 밀치고 들어온 순간이다. 갑자기 가슴 깊숙한 곳에서 올라오는 불안감에 온몸이 흔들려서 있을 수조차 없었다. 마음이 밑바닥까지 내려가 걷잡을 수 없는 감정과의 싸움이 시작되었다. 정신이 이상하다는 것을 느꼈다. 갈팡질팡 이리저리 헤매면서 핸드폰을 들었다 놓았다 반복해보지만 전화는 할 수가 없었다, 남편을 철저하게 나로부터 분리하여야 내가 살 수 있을 것 같았다. 살아야 한다. 꼭 살아내야 한다. 혼자라는 생각이 머리에서 떠나지를 않고 불안감이 계속되었다.

혼자라는 두려움

홀로 살 거란 생각을 전혀 해보지 않았다. 사람을 좋아하는 탓인지 항상 주위에 누군가가 있었기 때문에 행복하기조차 했다. 갑자기 몰아닥친 불안한 현실을 끌고, 아니 극복해야 하는 어려운 현실을 파악 조차 하지 못했다, TV 소리를 최대한 올리고 대화를 하기 시작했다. 나 자신이 진정으로 원하는 것이 무엇인가? 왜 남들은 쉬운 일이 나에겐 힘이 들까? 지금 당장은 이 현실을 벗어나고 싶다는 생각뿐이었다.

복잡한 생각들과 전쟁하다 잠이 들었나 보다, 온몸에 열이 나고 돌아 누우니 어지러움에 머리가 빙빙 돌았다. 아찔한 생각과 함께 드디어 이렇게 아무도 없이 홀로 죽는 것이 아닌가 하는 무서움과 극도의 불안이 엄습해 왔다. 누군가에게 연락을 해야 하는데 몸이 말을 듣지 않았다. 참으로 이상하지 않나 …….

난 너무 건강해서 코로나도 무서워하지 않았다. 그런 내가 혼자되었다고 어지러워 일어날 수가 없다니 …….

억지로 온몸을 일으켜 침대에서 한 발을 내딛는 순간 사방이 빙 돌면서 중심을 잃어 마사지 기계에 머리를 크게 부딪치면서 쓰러졌다. 그 뒤는 기억이 없다.

눈을 다시 떴을 때는 해가 창문에 걸쳐 있었다. 살아는 있었지만 아무것도 할 수가 없었다. 머리가 깨어질듯이 아팠다. 일어설 수가 없어 그냥 그대로 누워있었다. 눈물이 하염없이 볼을 타고 귓가를 적셨다. 나는 왜 이 나이까지 나를 내버려 두었을까? 볼과 머리가 깨어질 듯이 아팠고 어지러움이 자세만 바꾸면 계속되어 그냥 있었다. 죽음이 온다면 소리소문도 없이 오기를 바라지만, 지금이 그때는 아니겠지. 시간이 지나자 용기가 나기 시작했다. 어지러워도 일어나야 뭔가를 할 수 있으니 일단 마사지 기계를 잡고 일어섰다.

겨우 발을 움직여 거울 앞에선 순간 나는 악 소리와 함께 소스라치게 놀랐다. 얼굴이 퉁퉁 부어 알아볼 수가 없었다. 아픔보다 망가진 얼굴이 더 문제였다.

'댄스 강사인데 이 얼굴로 어떻게 …….'

'병원도 가야 하는데 …….'

큰일이 추가되었다. 여자라서일까 얼굴이 너무 부어 있어 밖에도 나갈 수가 없었다. 항상 여자로 다시 태어나면 엄마 뱃속으로 다시 들어간다고 말하곤 했다. 나는 여자의 불리함과 불편함 때문에 힘들어하는 사람이다. 일터엔 갈 수도 없었고 대충 준비를 하고 일단 병원부터 찾았다. 의사 선생님께 진찰을 받았다.

혈압이 떨어지지 않으니 걱정이 많은 얼굴이다. 어지럼증은 "이석증"이라고 하였다. 시간이 지나면 낫는다고 했다. 극도의 스트레스 때문에 생겼다고 한다. 혈압약과 현기증 약을 들고 집에 돌아오는 길이 지옥으로 들어가는 길목 같았다. 살아가는 것이 맞는 것이겠지. 점점 자존감이 바닥으로 떨어지고 내가 어디로 가는 줄도 모르는 채 그냥 움직이고 있었다.

어느 날 집에 들어온 순간 가슴이 답답하고 숨이 꽉 막혀 호흡을 할 수가 없었다. 끝없이 밑바닥으로 떨어지는 마음 한 가닥이라도 위로 올려 보려고 애를 썼지만 소용이 없었다. 우울증이라고 하는 이름일 것이다. 빨리 밖으로 뛰쳐나가야 한다. 가방을 겨우 챙겨서 운전대를 잡고 어두운 거리로 나왔다. 근처에 사람이 많은 곳을 찾아 들어간 곳이 마트였다. 아는 얼굴은 없지만 사람 냄새가 나를 반겼다. 가까이에 마트가 있다는 사실에 감사했다. 계속 이런 상황이 된다면 안 될 텐데 무슨 대책이 필요했다. 한인 타운이라 식당가도 많고 주점도 있지만 누구도 불러 낼 수가 없었다. 자존심이 상해서이다. 멀리서 보이는 탁구장이 갑자기 크게 보이면서 '아 저기다' 생각에 바로 달려갔다. 탁구장엔 외국 손님이 대부분이었지만 구세주를 만난 기분이다. 그곳은 11시까지 있을 수가 있었다. 집에 들어가 잠만 자면 되는 것이다.

일단 탁구장에 등록을 하고 나니 파트너가 필요한데 아무리 생각해도 같이 할 수 있는 사람이 떠오르지 않았다. 일하고 댄스하고 다른 생활을 거의 하지 않고 살아서 아는 사람이 많지도 않았다. 또한 다른 도시에서 이사를 와서 더욱더 그럴 수도 있다. 여기는 대부분이 교회에 다니지 않으면 사람을 사귈 기회가 많지 않다. 시도를 해 보았지만 시간이 안 맞아 실패했다. 남편이 떠나자마자 제일 먼저 생각난 것이 교회였다.

아침 일찍 일어나 무거운 마음으로 교회를 향하고 새파란 가을 하늘 따스한 햇살이 온몸을 감싸 행복한 마음과 살아 숨 쉬고 있는 것에 감사했다. 아름다운 교회가 눈앞에 나타나니 조금 두려웠다. 입구에서 망설이다 발길을 옮겨 슬며시 들어가 맨 뒷좌석에 앉아 주위를 둘러보고 안심이 되었다. 아는 사람이 한 사람이 없는 게 다행이다라고 생각했다. 지금 나의 상태를 아무에게 알리고 싶지 않았다.

"이 나이 동안 뭘 하고 살아왔다 말인가?"

모르는 찬송가를 들으면서 이방인이 되어 목사님 설교를 듣기 시작했다. 머릿속에 들어오지는 않았지만 나와 더불어 있는 사람들이 많아서인지 마음이 편안 해지기 시작했다.

집에 일찍 들어가는 게 힘드니 금요일 밤 기도에 참석할 수 있어 너무 좋았다. 많은 교인들이 밤늦은 시간인데도 기도를 하고 계셨다. 아침 기도와 분위기가 달랐다. 기도하는 방법도 모르지만 기도를 하자 마음이 편안해졌다. 내 발자취가 하나하나 떠오르고 살아온 날의 후회들이 가득 차올랐다. 나도 모르게 눈물이 하염없이 흘러내렸다.

아이들 얼굴이 먼저 떠오르고 그들에게 내가 할 도리를 다 못한 점에 미안함과 죄책감에 용서를 구하고 구했다. 점점 밤은 깊어 가고 어디선가 흐느껴 우는소리와 기도의 강도가 높아지고 눈물이 피가 되어 온몸에 달라붙어 살을 애는 전율이 흘렀다.

죽을 것 같은 통곡이 쏟아져 나왔다. 후회와 번뇌가 사라지는 순간이었다.

다른 사람에게 쉬운 일이 왜 나에겐 힘들까

어느 정도 시간이 지나 소리 없는 눈물 속에 필름 안에 갇혀 있었던 나의 인생이 하나하나 상영되고 있었다. 아이들이 어렸을 땐 영원히 같이 살 줄 알았다. 그땐 내가 최고인 줄 알았다. 살아온 삶들이 다 착각과 환각들이었다. 세상에 영원한 것 아무것도 없다고들 하지만 지금 나에겐 내 몸 덩어리 하나만 덜렁 안고 있다. 남편이 영원히 떠난 것도 아닌데도 다른 사람은 아주 쉽게 생각할 수 있을 수도 있는데 왜 나에겐 이렇게나 힘이 들까? 혼자라는 생각을 한 번도 해 본 적이 없는 바보같이 살아온 나의 부산물이니 누구에게도 원망 할 수도 없다.

그 와중에도 알래스카 여행을 일주일 다녀오게 되었다, 알래스카는 미국에서 가장 경치가 아름다운 지역 중 하나라 할 수 있고, 신비함과 아름다움을 갖추고, 자연과 더불어 하이킹, 모험을 좋아하는 사람들에게 참으로 좋은 곳이다. 9월의 알래스카는 애스펜 단풍의 노랑 물결이 춤을 추고 있었다. 살포시 찾아온 비와 햇살이 어울려 너무나 선명하고 예쁜 노랑빛깔의 잔치에 흥이 돋았다. 앞으로 남은 나의 인생도 저 단풍처럼 아름답길 바란다고 잠시 생각에 잠겨본다.

데날리산은 6,194미터 높이로 맥킨리 산맥 우뚝 솟은 봉우리엔 눈꽃이 피어 있으며 산들이 병풍으로 둘려 쌓여 위대한 장관을 이루고 있다. 페어뱅크스에 핫 스프링스 유황 온천에서 몸을 녹이고 행복감에 젖어 모든 고민이 사라져서 감사했다. 여행 중에 가장 인상적이었던 것은 바로 바다 위에 떠 있는 거대한 빙하를 본 것이며 빙하가 얼마나 크고 위대한지 그 규모에 압도 당했다. 참으로 아름다운 곳이다. 일주일 여행이 끝날 즈음 집으로 돌아가야만 한다는 생각에 가슴이 답답하게 조여오고 눈처럼 차가운 바람과 함께 명치끝이 아련히 아파왔다.

알래스카 여행을 마치고 돌아오는 길이 무척 힘들었다. 텅 빈 집안에 들어와 멍하니 몸을 움직이면서 스위치를 살며시 올렸는데 불이 켜지지 않아 갑자기 전기가 들어오지 않은 사실을 알게 되었다. 암흑 같은 어두움에 폰 배터리까지 하나도 없었다. 앞이 캄캄해지고 무엇부터 해야 할지 머릿속이 마비가 되어 생각이 나지 않았다. 누구에게 전화를 할 수도 없고 갑갑했다. 내가 가장 두려운 일이 벌어지고 말았다. 일단 불이 있어야 하니 홈디포에 가서 손전등이라도 사야 했다. 겁에 질린 모습으로 홈디포에서 손전등을 사고 집으로 돌아오는 길이 너무 무섭고 두려웠다. 혼자 있는 것도 힘들어 텔레비전 소리를 최대한 올려 두고 잠을 청하고 있는데 전기조차 들어오지 않으니 참으로 답답하고 머리까지 아팠다. 또 남편이 원망스러웠다, 너무나 화가 나 전화를 절대로 하지 않고 혼자서 보란 듯이 살아가야지 매번 다짐하지만 절대 나에게는 쉽지가 않다.

'다른 사람에겐 쉬운 일이 왜 나에게는 힘들까?'

전기가 들어오지 않으니 모든 게 정지다, 사람이 얼마나 연약한 존재인지 깨달은 순간이다. 무기력한 상태에서 두려움과 무서움에 잠을 잘 수가 없었다. 시간이 흐르지 않고 귀신들만 온통 생각이 나니 살아있는 게 살아있는 게 아니다. 드디어 남편에게 전화를 했다. 하지만 답변이 없었다. 너무 늦은 시간이라 깊은 잠에 빠져있겠지만 또 원망스러웠다. 다시는 남편에게 의지 않고 살아야겠다고 입술을 깨물면서 다짐했다.

이런 생활을 반복하면서 남편에 대한 원망이 더 강해지고 내 인생을 되돌아보기 시작했다. 한 사람에게 내 인생 전체를 맡겨두고 살아온 나의 10년을 되새김질해 보니 나는 어디에도 없었다. 무엇을 하고 살았다는 말인가? 아이들은 다 커서 자기 인생을 잘 살아가고 있는데 나는 자식들보다도 더 못한 인생을 살고 있었다. 댄스를 가르치고 일도 쉬지 않고 있는데도 내가 없었다.

'나는 누구인가?'

'어디에서 왔다가 어디로 가고 있는가?'

50의 자유 속에 서있는 거울 속의 난

여자 인생 50세는 나를 찾을 수 있는 나이이다. 옛날에는 여자로서 다 끝난 인생이라 생각 했었다. 하지만 난 몸에 날개를 달고 날아가는 기분이다. 걱정거리가 멀리 날아갔다. 아무것도 걸리는 게 없다. 늙어 가는 것이 중요하지 않았다. 나에게 주어진 의무와 책임감이 어디론가 싹 사라졌다. 인생의 제 2막이 시작된 기분이다. 평생 짐이 아니 짐을 안고 살면서 나에게 주어진 엄마로서의 아내로서의 역할 때문에 나의 인생은 생각조차 해 본 적이 없었다.

내가 살던 곳은 눈이 많이 내려 운전하기가 힘들어 항상 불만이었다. 하얀 눈꽃 송이가 하늘 위에서 펑펑 쏟아졌다. 아름다움의 극치에 신발도 던져 버린 채 밖으로 뛰쳐나가 눈 위를 뒹굴고 동심 삼매경에 빠져 시간 가는 줄 모르고 살았다. 하지만 운전을 하기 시작하면서 천국이 지옥으로 변했다. 난 운전을 무척 싫어해서 평생 운전을 할 생각이 없었다. 하지만 운전면허증은 필수가 되어 버렸다. 움직일 때마다 모든 식구들이 스케줄을 바꾸어야 했다. 가족을 도와야 한다는 마음에 운전면허증을 어쩔 수 없이 만들었다. 그것도 4번이나 떨어져 겨우 손에 넣었다. 이곳은 한국처럼 대중교통이 발달이 된 곳이 아니기 때문에 운전은 필수였던 것이다. 이럴 때마다 한국이 그리웠다.

눈이 공포다. 눈 위를 운전하다 미끄러져 잔디에 빠진 차를 꺼내지 못해 아주 추운 곳에서 몇 시간을 기다린 적도 있고, 또한 뒤차가 심하게 박아 4차 충돌 사고로 인해 차를 폐차 시킨 일도 있었다. 그때 부서진 차보다 내가 아픈 것보다, 추위 때문에 살아있는 동태가 된 것이 더 힘들었다. 출퇴근 시간도 평소 시보다 2시간을 더 운전을 해야만 했다. 어찌 이것뿐일까? 그런 겨울이 무려 6개월이니 눈을 사랑한 나지만 정말 지긋지긋하고 겨울이 공포였다. 눈 위에 운전할 때 살짝살짝 미끄러질 때마다 뒷골이 당겨 옴싹옴싹 소름이 돋았다.

본의 아니게 따뜻한 도시로 이사를 하게 되어 눈으로부터 해방이 되었다. 이곳은 무척 따뜻하고 더위와 싸움을 하지만 그래도 날씨에 너무 감사했다. 따뜻한 햇살이 희망이 보였다. 나이 40대에 무엇을 향해 씨름과 전쟁을 하고 살았는지 모르겠다, 그때는 하루가 24시간이 모자라 48시간 이었음 좋겠다고 입버릇처럼 이야기를 한 것 같다. 딸한테 나의 힘든 시간을 많이도 이야기 했다. 딸이 참 고마웠다. 항상 나의 진정한 친구 같은 조력자였다. 지금도 그렇다.

이사를 와서인지 아는 사람도 별로 없고 어디가 어디인지는 몰라도 한인타운이 있고 한국 사람들이 많아서 너무 좋았다. 마트도 대형인데 식당도 많고 떡, 빵, 순대, 팥빙수, 한국과일 등등 평소 먹고 싶은 것들이 너무 많아 기분이 좋았다. 특히 한국 커피숍이 있어 한국 빵을 맘대로 먹으면서 사람과 대화를 할 수 있어 이중으로 기분이 좋았다. 한국에 사는 사람들은 도저히 이해하기가 힘들 것이다. 시간만 생기면 커피숍에 가서 살았다. 일을 하고는 있었지만 노는 시간에는 할 일이 없었다. 좋아하는 빵을 열심히 먹고 한국 사람의 냄새와 한국말을 듣기 위해서이다.

자유 아닌 자유가 소소한 배움의 행복으로 끌고 가고 있었다. 댄스 교실을 등록하고 나니 기분이 너무 좋았다. 어릴 때 무용을 했던 기억이 떠올라 신이 났다. 댄스를 2시간씩 하면서 어렵지 않은 스텝이라 단순하지만 한국 노래까지 들을 수 있어 아주 열심히 했다. 댄스라기 보단 운동 같아 팔짝팔짝 뛰면서 춤을 췄다. 당연히 선생님에게 꾸중을 들었다. 노래교실에선 쓰지 않은 목 근육을 풀어주고 선생님의 유머감각에 박장대소하면서 즐겼다. 끝나고 커피숍에 모여 시간 가는 줄 모르고 진한 커피와 거부할 수 없는 빵의 유혹과 함께 보냈다.

이렇게 세월을 잡아먹고 살고 있었다. 나의 존재 가치에 대해선 물음조차 해 보지 않으면서 생각 없는 노인네로 전락하고 있는 줄도 몰랐다. 아까운 꽃 띠의 10년을 허망하게 보내버린걸 왜 지금 와서 깨닫게 되었을까? 무지로부터 온 행복이 나의 착각인걸 가슴속에 스며들 때엔 너무 나이가 들어 있는 거울 속의 나를 발견했다.

'너의 인생이 어디로 가고 있는지 알고 있니?'

'시간은 기다려 주지 않아.'

머리가 하얀 거울 속의 내가 이야기 하고 있었다.

미래의 내가 지금 나를 필요로 하네

남편의 긴 외출은 나에게 인생 반전이었다. 이제부터라도 나를 찾는 운동을 하자. 난 할 수 있어. 아직도 몸도 마음도 청춘이야. 지금의 나는 모든 게 자유잖아. 일어서고 깨우자. 내 이름 석 자 이 세상에 나왔는데 이렇게 죽을 수는 없지. 지금이 나를 찾을 수 있는 기회이다. 난 다짐을 하고 열심히 내가 하고 싶은 일이 무엇인지 깊이 생각해 보기 시작했다.

난 사람을 좋아하고 같이 얘기하는 것에 의미를 많이 두는 편이다. 더불어 같이 어울려 사람 냄새를 사랑한다. 옛날에 카운셀러 공부를 하고 싶었는데 지금 때가 되었다. 이제 목표가 정해지니 길을 만들어야 한다. 지금은 일도 하고 시간의 여유가 많지 않으니 온라인 공부를 시작해 보아야겠다 다짐하고 인터넷 사이트에서 놀아 보기 시

작했다. 난 폰을 사용 하는 걸 좋아하지 않는다. 핸드폰에 매달려있는 사람들을 걱정해왔다

온라인 사이트를 찾다가 내가 얼마나 아는 것이 없는지 알게 되었다. 모든 강의를 듣기 시작했다. 어디서부터 시 작 할지 몰라 일단 유명한 심리학자들과 자기 계발을 할 수 있는 사이트를 찾아 듣기 시작했다. 자극도 필요하고 머릿속을 채울 수 있는 지식과 지혜가 필요했다. 책을 사야겠다고 마음먹고 서점에 갔지만 계속 빙빙 돌기만 하고 제목만 보고 책을 고르기가 쉽지 않았다. 베스트셀러에서 " 리부팅" 과 "세븐 테크" 김미경 학장님 책을 사서 돌아왔다. 공부 한다는 생각으로 열심히 읽었다.

"세븐 테크"는 충격적이었다. 그럴 수밖에 아무 생각 없이 살아온 나에겐 웹 2.0도 제대로 모르는데 웹 3.0을 공부하는 것도 머리가 쥐가 나고 있는 중인데 "인공지능", "블록체인", "가상현실", "증강현실", "로봇공학", "사물인터넷", "클라우드 컴퓨팅", "메타버스"의 세상이 온다고 한다. 이걸 이해를 못 하면 또 시대에 동떨어져 누군가에게 폐를 끼치고 살 것이다. 이 작가님의 강의를 들으면서 미리 준비하지 않은 나의 50세를 얼마나 후회를 했던가. 세월은 나를 기다리지 않았고 나이는 준비하지 않아도 흘러 10년을 그냥 먹어 버렸다.

준비하지 않은 인생은 혹독하게 걸음마를 시켰다, 뚜껑도 열지 않았던 컴퓨터를 다시 보게 하고 말만 들었던 SNS를 시작하여 나를 세상에 꺼내는 연습을 하기 시작했다. 무지한 나는 그냥 시작한다. 하다 보면 길이 보일 것이다. 바쁜 와중에도 꾸준히 책 읽기, 일기 쓰기, 강의 듣기, 인스타그램 매일 업데이트 하기를 시작했다. 줌으로

나와 시간이 맞으면 거의 참석하려고 했다. 나를 찾기 위한 노력을 계속했다. 블로그는 쉽지가 않았다. 글 쓰는데 시간이 너무 걸려 조금 미루고 있다, 심리학 공부도 조금씩 하면서 10년 뒤 나를 준비하기 시작했다. 나이가 들어서인지 마음은 급하고 기억력, 시력도 좋지 않아 몇 번씩 반복을 하고 시간 투자도 많이 해야 했다. 새벽 강의가 많아 잠을 설치는 것 기본이었다. 일도 많이 하고 댄스도 가르치면서 잠시의 시간을 이용해 미래의 나에게 투자했다.

떨어지는 칼날을 잡을 용기와 그 칼을 잡았을 때 다쳤던 상처가 아무는 날, 칼날 손잡이를 제대로 잡고 일군 곡식을 베는 추수의 계절이 반드시 온다는 것을 50이 다 되어서야 배웠다. 김승호작가님의 "돈의 속성"에 나오는 글을 읽었을 때 50이라는 나이라 다행이지 않나……. 50에서 10년을 준비하고 살았다면 지금과는 다른 모습일지도 모른다. 60이라는 나이는 급하고 급한데 앞으로의 10년을 잘못 살면 돌이킬 수 없는 안방 노인으로 살아야 한다.

잃어버린 10년이 미래의 내가 지금 나를 필요로 하게 만들었다. 우리의 인생은 그냥 그렇게 흘러가서 그렇게 살다가 죽는 게 아니다. 나이에 따라 주어지는 환경이 다르겠지만 생각하고 준비하는 사람은 미래가 두렵지 않고 미래의 선두주자에서 많은 사람들에게 선한 영향력으로 리더로서 자기 인생을 끌고 갈 것이다. 지금도 후회한다. 대비하지 않고는 그냥 그렇게 살아지지 않는다. 누구도 얘기해주지 않았다. 왜냐하면 그땐 누구의 말도 들리지가 않았다. 난 다 가지고 있다고 생각하고 행복한 인생인 줄 알았다. 남편이 떠나기 전까진 그렇게 살았다. 지금 와서 준비하는 것 너무나 많은 것을 포기해야만 한다. 공부할 수 있는 시간이 많지 않기 때문이다. 스스로가 깨달음을 느낄 때가 너무 늦지 않길 바랄 뿐이다.

지금 책과 친구가 되고, 또 독서혁명을 시작하면서 북클럽 활동으로 깨어있는 나를 만들고 있다. 노력과 씨름하다 보면 아름다운 열매와 평생을 함께 할 것이다. 지금 이 글도 나의 생각과 다짐을 쓰면서 생각이 바뀌고 관찰이 통찰이 되고 고민하지 말고 일단 써 보는 것이다. 너무 큰 걱정을 하는 것은 불행을 만드는 것이다. 고통이 나를 붙잡고 있는 것이 아니다. 내가 그 고통을 붙잡고 있는 것이다.

나의 마음이 밝으면 해가 뜨고 미래의 나를 찾는 꿈을 실현시키는 결과가 될 것이다. 남편 없는 빈 공간이 나의 이름 석자를 찾는 기회가 되어 이젠 기지개를 켜고 세상을 향해 나를 던진다. 반드시 해 낼 것이다. 해는 다시 떠 오르고 새로운 세상은 내가 만드는 결과를 먹고살 것이다. 너무 늦은 후회가, 내 인생 이길 만을 바라는 마음, 간절한 소망이다. 10년 후의 나는 현재의 나와 다른 자리에서 세상을 얘기할 것을 확신한다.

엄마, 꿈 꿔도 괜찮아!

강선희

강선희

비 오는 날 우산을 가져다주는 '항상 곁에 있어 주는 엄마'라는 꿈을 이루고, 세상에 나아갈 큰 꿈을 꾸는 중입니다. 나를 바라보고, 나를 마주하고, 나를 채워서 세상에 소금과 빛이 되는 사람이 되고 싶거든요.
목소리를 갈고 닦아 나눔을 실천하고, 도움이 필요한 사람들에게 손을 내밀 수 있는 사람이 되려고 날마다 애쓰고 있어요. 이제는 두 아이의 엄마에서 사회의 구성원으로서 꼭 필요한 사람이 되어보렵니다.
언제나 꿈결 같을 수 없는 현실에서도 소중함과 감사를 아는 사람이길 소망합니다.

엄마, 꿈 꿔도 괜찮아!

꿈꿨던 나, 꿈꾸는 엄마

달팽이 껍질 속의 나

나를 비우다

나를 채우다

나를 내어놓다

한 획으로 그어진 운명

꿈을 향한 또 한 발

옳은 선택은 만들어 가는 것

꿈꿨던 나, 꿈꾸는 엄마

"엄마는 꿈이 뭐야?"

아이의 질문에 순간 작은 숨 하나, 근육 구석구석까지 멈춰버린 듯했다. 아이들에게는 입이 마르도록 얘기했던 '꿈'이라는 단어가 마치 태어나 처음 들어본 것처럼 생소하기만 했다.

어린 시절 나는 매일 해가 뜨듯이 새롭게 꿈이 솟아올랐다. 선생님, 의사, 간호사, 앵커, 무용가 등등. 일일이 손으로 꼽기도 어려웠다. 학기 초 장래 희망을 적을 때면 어떤 꿈을 골라야 할지 심각한 고민에 빠질 정도였다. 깊은 고민 끝에 연기자가 되겠다고 마음먹었다. 어느 것 하나를 꼽을 수 없으니, 작품마다 다른 역할을 하는 연기자가 되어 모든 삶을 살아봐야겠다는 나름의 꼼수였다. 외모에 대한 자각이 부족했던 어린 날이었기에, 꿈을 이뤘다면 연기로만 승부를 보는 배우가 되지 않았을까.

진학과 취업이라는 현실 앞에서 꿈은 그저 꿈일 뿐이었다. 꿈과 현실이 일치할 수 없는 삶을 성실히 살면서도, 꿈을 이루지 못하는 것은 그저 불합리한 사회 탓으로만 돌렸다. 요즘 사람들의 금수저 타령과 흡사한 마음가짐이었다. 가진 것을 발전시킬 생각은 못 하고, 가지지 못한 것에만 집착했다. 꿈을 이루고 사는 사람은 운이 좋은 소수의 사람이라고 치부해 버리는, 밑도 끝도 없이 호기로운 젊은 날이었다.

역사 강사인 최태성 님이 쓴 《역사의 쓸모》에서 "꿈은 명사가 아니라 동사여야 한다."라고 했다. 살면서 내가 원하는 삶이 이런 것이었나 후회가 드는 것은 무엇이 되느냐가 중요했을 뿐, 어떻게 사느냐에 대한 고민은 없었던 것이라고 얘기한다. 그게 잘 사는 것인 줄로만 알았다. 친구가 어떻게 지내냐는 물음에 그랜저로 대답했다는 TV 광고처럼, 근사한 직업인이 되어 화려한 모습으로 "나 이런 사람이야!"라고 보여주는 것이 진짜 성공한 삶이라고 생각했다.

나는 IT회사에 근무했다. 프로젝트 중심의 업무라 기한 내까지 일을 마쳐야 했으므로 밤도 낮도 없었다. 성과에 대한 욕심이 있었던 터라 일에 매달렸다. 부족한 실력을 시간과 열정으로 채우며 나를 소진했다. 그러다 덜컥 예상치 못한 임신을 하게 됐고, 고비고비를 넘어 출산했으나 육아를 부탁할 곳이 없었다. 어렵게 베이비시터를 고용하고 불은 젖과 유축기를 싸안고 출산휴가 3개월만에 복직했다. 일은 재미있었지만, 복직한 뒤로 아이의 성장을 곁에서 지켜볼 수 없는 것이 늘 안타까웠다. 아이가 돌이 지나고 분리불안 증세가 나타나며 눈물 없이는 출근을 할 수가 없었다. 한번 지나가면 돌아오지 않을 시절이라 생각하니 조급증이 몰려와 큰아이 출산 15개월 만에 퇴사를 결심하고 전업맘이 되었다.

몇 해 전, 대학 선배와 통화를 하며 안부를 전하다 문득 "후회하지 않니?"라고 물었다. 영화 〈82년생 김지영〉을 보고 나서 와이프에게 너무 미안했다며 건네온 말이었다. 잠시 생각에 잠겼지만 나는 단호하게 "아니! 후회하지 않아!"라고 말했다. 어쩌면 전업주부는 내 어릴 적 부모의 부재로 채워지지 않는 갈증이 낳은 또 하나의 '장래 희망'이었는지도 모른다. 외벌이 탓에 경제적으로 여유롭진 않았지만 아이들과 함께 한 시간을 결코 후회하지 않는다. 아이 정수리에서 뭉클하게 올라오던 젖비린내, '어(ㅁ)-마'라고 오물거리던 작은 입, 가만가만 내딛던 첫 걸음. 그 모든 순간을 함께 해서 감사할 뿐이다. 그러므로 엄밀히 말하자면 '항상 곁에 있어 주는 엄마'라는 꿈 하나는 이룬 셈이다.

나는 '아무개 엄마'라는 타이틀을 얻고, 내 이름 석 자를 잊었다. 어린아이들에게 엄마의 품은 필요한 것이지만, 나는 필요 이상으로 나를 지워가며 엄마로만 살았다. 아이들은 자라났으나 나는 영유아기 때의 엄마로 머물러 있었다. 아이들에게 쏟던 시간과 손길이 갈 곳이 없어지면서 나의 '자아'도 공중에 붕 뜨고 말았다.

나는 누구이고, 어떻게 살아야 하는지에 대한 고민은 사춘기 이후로 거의 해본 적이 없다. 그냥 남들처럼-대학에 진학을 하고, 취업하고, 결혼하고, 아이를 낳고- 눈에 보이지 않는 공식에 맞춰 살아가면 맞는 것이려니 했다. 현업으로 돌아갈 수 없는 나이가 되어서는 '이제 와서 내가 뭘 하겠다고'라며 단념했다. 그러나 엄마의 꿈을 묻는 아이의 질문에 마음이 꿈틀대기 시작했다.

나는 다시 꿈을 꾸기 시작했다.

달팽이 껍질 속의 나

초등학생 때 선생님이 '우리 집 가훈 적어오기'라는 숙제를 내주셨다. 고심하던 아빠는 "타인에게 인색하지 말자!"라고 써주셨다. 그것은 나의 아빠, 그 자체였다. 아빠는 밖에 나가면 다른 사람들 얘기도 잘 들어주고, 유쾌하고, 인심도 넉넉해 인기가 많았다. 다들 "너희 아빠가 최고야!"라고 입을 모았으니까. 그러나 밖에서 자신의 에너지를 너무 쏟아낸 탓인지, 집에 돌아온 아빠는 귀도 입도 닫고 웃지도 않았다.

이 가훈을 보고 가슴을 친 것은 엄마였다. 타인에게 후한 아빠의 인심 탓에 집을 담보로 돈을 빌려주고, 명의도 내주는 바람에 힘들게 모아 마련한 집과 땅을 날려버린 것이 한두 번이 아니었다. 가뜩이나 동갑내기라 툭탁거리기도 잘하던 부모님의 싸움은 잦았다. 엄마는 집에 마음을 두지 못했고, 마음의 상처를 치유하느라 부재중인 날이 많았다. 내가 어릴 땐 종교, 배움 등에 심취해 늘 집을 비웠고 고등학생이 되었을 땐 아빠의 병환으로 가장 역할을 해내느라 바빴다.

부모님은 가난하게 자랐기에, 정서적 유대감이라는 것은 생각지도 못했고 당장 배 안 곯고 등 따뜻하게만 키우면 양육자 노릇은 다했다고 여겼다. 그러나 외동이었던 나는 늘 부모의 관심과 인정에 목이 말랐다. 하기 싫은 일도 참아내고, 때론 연기를 하기도 했으며, 가끔은 애어른다운 모습으로 가뭄에 콩 나듯 떨어지는 칭찬에 겨우겨우 목을 축이며 살았다. 내가 사랑받지 못하는 이유는 모두 내 잘못이라고 자책했다. 낮은 자존감으로 타인에게 나의 모든 것을 퍼주면서 사랑을 갈구하는 조건형 이타주의자가 되었다.

성인이 되어서도 마찬가지였다. 나는 있는 힘을 다해 달려갔는데, 상대가 나만큼의 속도로 다가오지 않으면 혼자 지쳐 나가떨어지거나 왜 나만큼 다가오지 않느냐며 상대를 탓했다. 원하는지도 않는데 막무가내로 퍼주는 나에게 부담을 느끼는 이들도 더러 있었다. 그땐 나를 모두 내어줘야만 관계가 유지되는 줄 알았다.

한번은 손재주가 좋은 동네 친구에게 적극적으로 장기를 살려보라고 부추겼다. 남대문 시장에 나가서 시장조사도 같이하고 아는 분을 통해 원단도 구해 주었다. 마치 내 일처럼, 아니 내 일보다 더 열심을 쏟았다. 그러던 어느 날 장문의 문자를 받았다. 적극적으로 나서주었던 내가 너무 부담스럽다고 했다. 당시에는 내게 어떤 문제가 있는지 몰랐다. 그저 그 친구를 위하는 마음으로 발 벗고 나섰을 뿐인데 그게 뭐가 잘못이란 말인가? 그토록 쏟은 내 마음에 대한 배신이라는 생각에 손이 부들부들 떨렸다. 한참이 지나고 나서야 그 친구에게 묻지 않았다는 것을 알았다. 재주를 살려 일을 해보고 싶은지, 내가 도움을 주어도 되는지…….

나를 모두 태우고 나니 남는 것은 바람결에 흩날리는 재뿐이었고, 결국 혼자였다. 직장에서도 친구 사이에서도, 아이의 친구 엄마들과도 왕왕 이런 상황에 맞닥뜨렸다. 그야말로 상처를 준 사람은 없는데 나 혼자 세상 모든 상처를 다 받은 피해자였다. 사람들과 더 이상 관계를 맺지 않겠다고 결심하고 달팽이처럼 잔뜩 겁에 질려 안으로 더 안으로만 숨어 들어갔다.

아이들이 내성적이라 학교에 입학할 때 걱정이 앞섰다. 누군가 말을 걸어주지 않으면 입 한번 떼지 못했던 학창 시절의 내가 자꾸만 떠올랐기 때문이다. 아이들 눈만 마주치면 "친구는 사귀었어?", "친구들과 사이좋게 놀아야지!"라고 말하곤 했다. 어느 순간 그런 말을 내뱉는 나 자신이 가증스러웠다. 나도 관계가 어렵다고 다 끊어버린 주제에 아이들에게 이런 말을 할 자격이 있을까. 아이들이 자란 만큼 나도 스스로 끼워 넣은 껍데기에서 탈피해야만 했다.

아이들이 자라 점점 내 손이 필요하지 않게 되자 허하기도 했지만 또 한편으로는 나만의 시간이 늘어나자 무언가 해보고 싶다는 생각이 강해졌다. 지금 무언가를 하지 않으면 얼마 뒤 '빈둥지 증후군'으로 힘들어하거나 아이에게 집착하는 '올가미형' 엄마가 될지도 모를 일이었다. 내가 무엇을 하고 싶었는지 오랜 시간 생각하니 앙금처럼 계속 맴도는 것이 있었다.

내가 어떤 사람이더라……. 내가 궁금해졌다.

나를 비우다

무엇을 하고 싶고 어떻게 살고 싶은지를 생각하니 '나'에 대한 근본적인 질문이 떠올랐다. 딸, 아내, 엄마라는 다양한 역할에 묻힌 조개 속 진주 같은 '나'를 먼저 발견해야만 어떻게 살 것인가를 꿈꿀 수 있었다. 시인 오은은 '보다'가 들어가는 단어 중 '들여다보다'와 '내다보다'를 좋아한다고 했다. 그의 책 《다독임》에서 그 이유를 다음과 같이 얘기했다. "들여다보면서 자기 자신과, 내다보면서 세계와 가까워지는 셈이다. 들여다보기와 내다보기를 둘 다 잘하는 사람에게는 하루하루가 새로운 날이다."라고. 나를 먼저 들여다보고 나니 고개를 들고 바라본 세상은 이전과 달랐다. 다양한 책을 읽고, 강의를 듣고, 사람들을 만나면서 그것들이 차곡차곡 쌓여 나를 찾는 길, 내가 가려는 길의 나침반이 되어주었다.

나를 알아가는 첫 단계로 글쓰기에 도전했다. 처음에는 친분이 있는 작가님이 진행하는 '하루 10분 글쓰기'로 시작했다. 어떻게 시작해야 할지, 무엇을 써야 할지, 꾸준히 쓸 수 있을지 모든 것이 막막했다. 일단 글을 쓸 수밖에 없는 환경을 만들어야 했다. 매일 작가님이 내어주는 주제로 딱 10분 글쓰기로 시작한다. 차차 익숙해지면 더 써도 무방하지만, 최소 10분은 지켜야 한다. 처음엔 '까짓 10분'이라고 생각했는데, 처음엔 한 줄을 쓰기도 벅찼다. 머릿속에 뒤엉킨 생각들을 솔직하게, 담담하게 풀어내기까지 시간이 필요했다.

글 내용의 공개는 선택인지라 굳이 보여주지 않아도 되지만, 마음속 이야기를 꺼낸다는 것은 쉬운 일이 아니었다. '이런 얘기를 써도 될까?', '이건 너무 창피한데…'라는 생각에 자기검열이 먼저 들어갔다. 그렇게 하루, 이틀 쓰다 보니 글에 대한 부담감과 나에 대한 편견이 조금씩 수그러들었다. 노트 한 권을 채우고서야 고르디우스의 매듭을 끊어낼 수 있었다. 고르디우스의 매듭은 '풀기 어려운 문제'를 뜻한다. 매우 어렵게 묶여진 이 매듭을 풀어낸 자가 아시아를 지배할 수 있을 것이라 했다. 아무도 풀지 못한 매듭을 알렉산드로스 대왕은 칼로 끊어서 문제를 해결했다.

가끔 힘에 부치는 일이 있거나, 누군가의 위로가 필요할 때 뒷말이 날까 우려가 없는 편한 친구에게 말을 꺼낸다. 우리는 그 메시지 창을 '임귀당귀(임금님 귀는 당나귀 귀)'라고 부른다. 상대가 일을 해결해 줄 수는 없지만 그저 이야기를 들어주는 것만으로도 한결 기분이 가벼워진다. 그러고 나면 다시 도전하거나 다르게 생각해 볼 여유가 생긴다. 글도 이와 같았다. 비록 글을 통해 현실적인 정답을 얻을 수는 없지만 나의 해묵은 상처와 감정을 들여다보았기에 비로소 나를 마주할 수 있었다. 보다 객관적으로 나를 파악할 수 있게 됐다. 그러고 나니 내가 조금 어여삐 보이기 시작했다.

블로그에 가족이나 아이들이 주인공이 아닌 오롯이 나의 이야기를 쓸 수 있게 됐다. 묻어두고만 싶었던 과거와 숨기기에 급급했던 나의 부족함을 밖으로 꺼냈다. 처음엔 사람들이 어떻게 볼까 걱정됐던 이야기도 서슴지 않고 꺼냈고, 그 상처로 인해 얻은 깨달음 또는 희망을 이야기할 수 있었다.

굳이 왜 개인의 이야기를 공개적으로 쓰냐고 묻는다면 그것이 가져오는 장점이 많기 때문이다.

첫째, 꾸준히 쓸 수 있다. 혼자만 글을 쓴다는 것은 의지가 강하지 않으면 자꾸만 미루게 된다. 그러나 업데이트 주기를 정해 놓고 글을 쓰게 되면 시간이 없고 쓸 이야기가 없어도 무조건 쓰게 된다. '마감'이 가져오는 압박감으로 어쨌든 쓰게 되고 그렇게 글쓰기가 습관이 된다.

둘째, 생각이 유연해진다. 글쓰기가 조금 익숙해지면 보이고 들리는 모든 것이 글의 소재가 된다. 그래서 주변을 더 유심히 탐색하게 되고 의미를 부여하게 된다. 그 과정을 통해 혼자만의 생각에 갇히지 않고 조금 더 확장되고 보편타당한 사고를 할 수 있게 된다.

셋째, 혼자만 쓰는 글의 결말은 비관 또는 비판으로 끝나기 십상이지만 공개 글은 희망적인 결말을 쓰게 되는 경우가 많다. 솔직한 이야기를 바탕으로 쓰지만 누군가에게 영향을 미칠 수 있는 글이라는 생각에, 내가 조금 더 나은 사람이 되기 위해서라도 긍정적인 이야기로 마무리하게 된다. 밝은 마무리의 글을 통해 스스로가 더 힘을 얻게 되는 선순환 구조가 만들어진다.

'나는 글재주도 없고 책을 낼 것도 아닌데 글쓰기가 굳이 필요한가?'라고 생각하고 있다면 무조건 묻지도 따지지도 말고 당장 시작하라고 권하고 싶다. 글을 잘 쓰고 못 쓰고는 중요하지 않다. 그 과정은 나를 알고 치유하는 과정이기 때문에 필요하다. 글쓰기를 통해 나는 '걱정 인형'에서 '꿈꾸는 사람'이 되었으니 이처럼 극적인 인생 역전이 또 있겠냐고 입에 침이 마르도록 찬양하고 싶다.

나를 채우다

나는 책을 좋아한다. 읽는 것도 좋지만 그보다는 사는 것을 더 좋아하는 '매서가'라고 할 수 있다. 살면서 상위권에 들어본 적이 없는데 책 구매로 내가 사는 지역에서 상위를 차지해 봤다. 전현무 아나운서처럼 책장에 책이 가득 꽂혀 있는 것만 봐도 배가 부르고 똑똑해지는 기분이 든다. 책이 어디든 있으니 한 줄이라고 더 읽지 않겠냐는 논리다.

글쓰기를 통해 나를 마주하고 비워냈으니 책을 통해 채우고 싶은데 혼자 읽는 책의 분야도 편협하고 얻을 수 있는 인사이트도 제한적이었다. 직장 생활을 할 때는 업무 또는 자기개발서만 읽었고, 임신을 하고부터는 육아서만 읽었기 때문에 어떤 책을 읽어야 할 지부터 막막했다. 또한, 글쓰기와 마찬가지로 혼자는 꾸준히 오래 하기가 어려웠다. 아무리 환경이 갖추어져 있어도 마음이 조금만 게을러지면 먼저 놓게 되는 것이 책이었고, 책은 한 번 놓으면 다시 잡기까지 꽤 시간이 걸렸다. 지속해서 효율적인 독서를 하고 싶어서 고심 끝에 내가 사는 지역의 독서 모임에 가입했다.

독서 모임에 등록은 했는데 낯선 사람들과의 만남에 대한 부담감 때문에 몇번의 모임을 건너 띄고 마음을 두 번, 세 번 단단히 하고서야 첫 발을 뗄 수 있었다. 처음으로 사람들 앞에서 나를 소개했던 날을 잊지 못한다. 비록 떨리는 음성이었지만 나의 부족함과 성장하고 싶은 욕망을 거침없이 내뱉었다. '괜히 이런 말까지 했나?' 싶은 후회가 들 찰나, 내 소개를 가만히 듣고 있던 사람들의 따뜻한 눈빛과 토닥임으로 얼어붙었던 마음이 조금씩 녹아내렸다.

독서 모임을 통해 나 혼자였다면 몰랐을 책을 읽고, 혼자서는 미처 깨닫지 못했을 내용도 살펴보게 되면서 한 권의 책을 깊고 넓게 볼 수 있었다. 한 권의 책에서 실천할 거리 한 가지씩은 찾고자 했다. 아침 글쓰기를 시작하고, 스쾃을 하고, 하루를 회고하고, 다양한 분야의 책 읽기 등의 노력을 기울이고자 노력했더니 루틴이라는 것이 생기며 삶에 활력이 더해졌다.

독서 모임에서 독서의 즐거움과 다양한 유익이 있었지만, 무엇보다 백미는 사람들이었다. 독서 모임 회원들은 서로에 대해 많은 것을 요구하지도, 잘못을 들추거나 비난하지도, 날 위한 말이라며 충고를 늘어놓지도 않았다. 각자 서로를 인정해 주고, 위로하고 격려해 줄 뿐이었다. 모두 자신의 자리에서 날마다 성실하게 살고 있는 모습에 신선한 충격과 함께 닮고 싶은 강한 욕구가 생겼다.

그리스 철학자 아리스토텔레스는 "친구는 또 다른 자기 자신이다."라고 말했다. 《니코마코스 윤리학》에서 세 종류의 친구가 있다고 했다. 함께 있으면 즐거운 '즐기기 위한 친구', 일상생활에서 도움이 되는 '효용성 있는 친구', 서로 존경하며 자신들의 관계를 손상시키지 않기 위해 최선의 훌륭한 행동을 하는 '덕이 있는 친구'. 이 중 가장 가치 있는 우정은 친구의 훌륭한 점을 본받고 닮아가는 관계라고 한다. 나는 진심으로 독서 모임 구성원들처럼 긍정적인 마음으로 하루하루를 성실하게 살며 서로의 발전과 성공을 진심으로 축하하는 사람이 되고 싶었다. 독서 모임에 처음 갔던 날, 울먹이며 겨우 자기소개를 했는데 지금은 운영진이 되어 모임을 이끌고 있다.

독서 모임의 화두를 '나'로 정했다. 나를 살펴보고, 발견하고, 발전시키는 모임을 만들어 보고자 했다. 책 선정, 홍보, 관리 등 처음엔 엄두도 나지 않던 것들이, 여러 운영진과 서로 할 수 있는 일들을 하나씩 맡으니 해낼 수 있는 일이 되었다. 처음엔 예상과 엇나가서 당황하기도 하고, 아귀가 맞지 않아서 삐걱거리는 등 시행착오가 있었지만 시간이 쌓일수록 점점 호흡이 맞아갔다. '백지장도 맞들면 낫다'라는 말처럼 같이 진행하니 불가능할 것만 같은 일들도 조금씩 해결점이 보이고 우리는 그 안에서 각자가 성장할 수 있었다.

《트렌트 코리아2024》에서는 2024년 키워드 중 하나로 '스핀오프 프로젝트'를 꼽았다. 어떤 특정한 원작에서 파생되어 나온 작품을 지칭하는 '스핀오프'가 산업 전반으로 확산되고 개인에게까지 영향력을 미치고 있다. 부업과는 다른 의미로 본업은 있으되 경제적인 측면이 부각되는 것이 아니라 개인의 역량 강화가 중점이 된다는 것이다. 그런 의미로 볼 때 나에게 북클럽은 '스핀오프 프로젝트'인 셈이다.

사람을 사귀는 것이 두려워 문을 닫고 지낸 시간이 무색하리만큼, 이제 관계를 맺는 것이 즐겁다. 사람들과 어울리다 보니 말을 좀 더 잘하면 더 멋진 관계를 이어 나갈 수 있겠다는 생각이 들었다.

나를 내어놓다

소설 《태백산맥》에서 거침없는 언변으로 작전을 수행하고, 숱한 전투를 승리로 이끈 장군 하대치가 700명 앞 연설을 앞두고 심장이 튀어나올 것 같은 심정을 표현한 대목은 정말 리얼하다. 이 부분을 읽으며 조정래 작가님이 나를 보고 쓰셨나 싶기까지 했다. 나 역시 어릴 때부터 남 앞에 서는 것이 힘들었다. 숨이 가빠지고, 손발이 차지면서, 계속 화장실에 가고 싶은 느낌에 다리를 꼬게 했다. 번번이 날아드는 지적과 억압 속에 자라서인지 할 말을 제대로 하지 못했고 예쁘게 말하는 법을 몰랐다. 입바른 소리라도 칭찬하는 법도 몰랐으니까.

평생에 한 번쯤은 말을 잘해보고 싶어서 인스타그램에서 매일 책 읽어주는 라이브 방송을 들으며 친숙해진 김여진 전 YTN 앵커의 말공부 과정을 수강했다. 여느 스피치 학원처럼 말을 잘하는 법을 알려줄 거라 예상했던 수업은 내 인생을 완전히 뒤바꿔 놓았다. 말을 잘하기 위해서는 생각 근육을 발달시켜야 하고, 배웠으면 나눠야 한다는 것이다.

어릴 때부터 성대모사가 참 재미있었다. 내가 들어도 얼핏 비슷했고 지인들로부터 '성우'가 되면 좋겠다는 소리도 많이 들었다. 마이크 앞에 선다는 생각만 해도 떨렸지만, 설레기도 했다. 비록 직업으로 삼지는 못했지만 목소리를 나눌 수 있다는 것이 놀라웠다. 가진 것이 없어서 나눌 수도 없다고 생각했는데 내게도 나눌 무언가가 있다는 것이 고무적이었다. 목소리로 시각장애인의 눈이 되어 세상을 느끼게 하고, 세상으로 나아가는 데 도움이 될 수 있다니! 그야말로 신세계가 열렸다.

시각장애인을 위한 목소리 나눔을 할 수 있는 영역은 크게 3가지로 나뉜다. 영화나 드라마에서 장면을 설명해 주는 '화면해설', 책을 비롯한 텍스트를 읽어주는 '낭독', 행사장 또는 특정 장소를 설명해 주는 '현장해설'이 있다. 화면해설은 최근 OTT에서 옵션 설정을 통해 쉽게 접할 수 있으며, 낭독도 오디오북 등이 좋은 예가 될 수 있다. 현장해설은 비장애인이 접할 기회는 적지만 시각장애인에게 꼭 필요하다.

말 공부 심화 과정까지 수료하고 연습과 자기 계발을 지속하기 위해 구성된 연구회의 회장직을 맡게 됐다. 실력도 재능도 부족하지만 한 가지 내세울 수 있는 것은 '진심'이었다. 봉사라는 일이 마음만으로 되는 것은 아니지만 꼭 필요한 것이 사명감이다. 나의 저변에 깔려 있던 '온건한 정의로움'이 꽃을 피우기 시작했다.

올여름 유명인들이 많이 하는 '아이스버킷 챌린지'에 참여했다. '아이스버킷 챌린지'는 힙합 가수 출신인 션이 루게릭병 요양병원을 짓기 위해 모금 활동의 일환으로 진행한 챌린지다. 루게릭병 환자들의 고통을 이해하기 위해 얼음물을 뒤집어쓰고 모금활동을 독려하는 영상을 찍어 SNS에 올리거나 직접 승일희망재단에 기부할 수 있다. 영상은 3명을 지목하며 릴레이로 진행되기 때문에 나도 그 파도에 합류한 것이다. 요즘 사람들에게 션은 '가수'보다는 '기부왕'으로 더 유명하다. 그가 기부하게 된 계기는 가장 행복했던 순간을 더 많은 사람과 나누고 싶어서라고 한다. 하루 만 원씩 모은 것을 시작으로 루게릭병 병원 건립이라는 결실을 향해 달려가고 있다. 그의 꾸준함에 많은 사람이 동참하고 있다.

나 역시 처음엔 '나만' 잘하려고 시작한 공부였는데, '함께' 행복한 일을 하는 통로가 되었다. 나의 목소리 하나 나누는 일로 시작했지만, 더 많은 사람이 함께할 수 있도록 '선한 영향력'을 끼치는 사람이 되고 싶다. 나눔은 나의 것을 퍼주어 마이너스가 되는 게 아니라, 나누니 더 많이 채워지는 신기한 마법과 같은 것이다. 내가 세상에 유용한 사람이 되었다는 생각에 자존감도 조금씩 차올랐다.

나는 한 뼘 자랐다.

한 획으로 그어진 운명

중학생 때 처음으로 봉사활동이란 것을 했다. 걸스카우트 활동의 일환으로 복지관을 찾게 됐는데, '좋은 일'하러 간다는 기분에 도취되어 있었다. 가서 대충 눈치 보며 하라는 것만 조금 하는 시늉만 하다 시간을 보내고 돌아왔지만, 장애인에 관한 생각이 다소 진지해졌다.

장애인을 처음으로 가까이서 마주했을 때 당황스러웠다. 계속 쳐다봐도 실례가 되지는 않을지, 눈을 돌리면 피하는 것처럼 보이지는 않을지. 짧은 순간 참 많은 생각이 스쳤다. 또 수족처럼 일일이 도와드려야 하는지, 요청할 때만 손을 내어드려야 하는 것인지도 도대체 알 수가 없었다. 그렇게 그 시절 장애인과의 첫 만남은 혼란스러운 기억으로 남았다.

장애인고용공단에서 장애인 인식 개선을 위해 제작한 〈어떤 시선〉이라는 영상이 있다. 이 영상에서는 한 가지 실험을 한다. 오직 촉각에만 의지해 느린 삶을 살아가는 시청각 장애 남편과 척추 장애 부인의 이야기를 담은 〈달팽이의 별〉이라는 영화를 장애인과 비장애인 그룹을 나누어 시청하게 하고 반응을 살펴본다. 이 영화는 암스테르담 국제 다큐멘터리 영화제 장편경쟁부문 대상을 받은 작품이다. 주인공인 시각장애인이 운동으로 제자리 뛰기를 하는데 자꾸만 뒤로 가는 장면이 있다. 부인은 "뒤로 가는 달리기 잘하네"라고 말하며 환하게 웃는다. 장애인 그룹도 껄껄 웃으며 즐겁게 관람한다.

그러나 비장애인 그룹은 아무런 표정도 없다. 왜 그럴까? 장애인의 삶이 힘들어 보여서 혹은 그들을 구경거리로 만든 것 같아 불편했거나, 안쓰러웠거나, 어떻게 반응해야 할 지 몰랐기 때문에 표정을 지을 수가 없었다고 한다. 그런데 해외에서는 장애의 유무와 관계없이 모든 관객이 함께 웃고 즐겼다는 것이다. 이 영상은 큰 울림이 되었다. 나 역시 그들을 바라보는 시선에 편견이 있었기 때문에 행동이 자연스럽지 못했다. 그냥 우리는 조금 다를 뿐이다. 이 사실을 깨닫기까지 꽤 오랜 시간이 걸렸다.

대학에 입학하니 학부제로 운영되어 전공학과가 아닌 같은 학부 내 임의로 지정된 학과에서 1년을 보내야 했다. 나는 사회복지학과에 소속되어 1년을 보냈다. 워낙 전공에 대한 애착이 컸던 터라 다른 학과에 배정된 것이 못내 아쉽기는 했지만 뜻밖에 너무 잘 적응했다. 수화 동아리에 들어가 부회장까지 했고, 사회복지학과 선배들이 넌 딱 '사회복지사' 재질이라며 전과를 적극 권하기도 했다. 수어를 배우고, 봉사활동을 다니고, 청각장애인 친구를 사귀며 막연했던 첫 봉사활동 때의 걱정과 고민이 자연스럽게 해결됐다.

모든 장애가 경중과 정도가 다르지만 단 하나 중요한 것은 그들이 도움이 필요로 할 때 도와주면 된다. 실제로 청각장애인의 경우 수어 실력이 부족해도 입 모양을 통해 소통이 가능하고, 심지어 일부 친구들은 노래방을 굉장히 좋아한다. 후천적인 청각장애의 경우 멜로디에 대한 기억과 스피커를 통해 들리는 진동, 화면의 글자색 변화로 박자를 감지한다. 그래서 우리는 만날 때마다 노래방을 가는 것이 고정불변의 코스였다.

최근에 목소리 재능 기부를 하고 있다고 얘기하면 오랜 지인들이 "너랑 잘 어울린다.", "너는 그런 사람이었어."라고 얘기한다. 내가 그런 사람이었다는 말에 잠시 상념에 잠긴다. 나의 어떤 부분이 '그런 사람'이었는지 기억도 나지 않지만, 지인들의 말에 괜스레 어깨가 으쓱해진다.

무신론자에 운명론자도 아니지만, 가끔 인간의 힘으로만 이루어진 일은 아니라는 생각이 든다. A라는 지점을 바라고 선택하거나 행동한 것은 아닌데 어쩌다 보니 A로 향하고 있는 나를 발견할 때가 있다. 말 공부를 하게 된 것도 마찬가지다. 스피치 학원이 얼마나 많은데, 그 중에서도 나눔을 지향하는 곳을 선택한 것은 무엇으로 설명할 수 있을까. 목소리 재능 기부를 하고, 언젠가 경제적 여유가 생기면 해야지 마음만 먹고 있던 기부도 소액이지만 시작했다. 돌고 돌아왔지만 어쩌면 이것은 나의 운명일지도 모른다. 아직은 부족한 것이 많지만 꾸준히 하다 보면 '선한 영향력'을 끼치는 사람이 될 거란 확신이 생겼다.

나는 조금씩 더 큰 꿈을 꾼다.

꿈을 향한 또 한 발

방향 설정을 했으니, 이제 꿈을 향해 다가갈 차례다. 아직 모르는 것이 수두룩하고 실력도 미천하기에 꾸준한 연습만이 살 길이다. 발성, 발음을 위해 훈련을 하고 녹음을 통해 변화하는 소리를 모니터링한다. 최근에는 낭독 일지를 만들어 기록을 시작했다. 소리와 글의 기록을 통해 부족한 점을 발견하고 보완하며 성장을 확인하기 위함이다.

카피라이터 김민철 작가는 《모든 요일의 기록》에서 심란하고 스트레스를 받을 때마다 흙을 만지러 도예 공방에 간다고 했다. 손작업 3년, 물레 돌린 지 1년 만에 드디어 '감을' 잡고 상기됐던 그녀에게 건넨 선생님의 한마디, "계속 했으니까, 오늘 내가 한 말이 무슨 말인지 안 거예요. 계속했으니까, 조금만 잡아줘도 금방 만들 수 있는 거예요." 꾸준히 하다 보면 김민철 작가처럼 나도 '감'을 잡고 무슨 말인지 알게 되고, 세상을 환하게 비춰주는 빛과 같은 소리를 내는 날이 올 거라 믿는다.

지난 6월에는 시각장애인과 제주도로 동행 낭독 여행을 다녀왔다. 시각장애인 10명 중 1명만 여행 경험이 있다고 한다. 도움을 줄 사람이 함께해야 하므로 시간을 내기가 어렵고, 보이지 않아 여행을 즐기는 데 어려움을 겪기 때문이다. 보이지 않는 것을 눈에 선하게 목소리로 그려주며, 안전하게 여행을 진행해야 하는 막중한 책임이 따르는 행사였다. 시각장애인 5명, 비장애인 5명이 짝을 이뤄 1박2일 동안 제주를 온몸으로 느끼는 여행이다. 시각장애인과 짝을 이뤄 하룻밤도 같이 보내야 하니 여간 진땀 나는 일이 아니었다. 무식이 용감이라고, 어쩌면 몰라서 과감하게 하겠다고 나섰던 것인지도 모르겠다.

시각장애인과 함께 하기 전에 필요한 것은 무엇일까? 동행 여행은 단순하게 봉사정신만으로 할 수 있는 것은 아니었다.

첫째로 가장 먼저 체력이 필요하다. 전체 일정은 물론 나 외에 다른 사람의 안전까지 책임져야 했고, 계속해서 설명을 하며 이동하려면 체력은 기본 전제다. 여행을 준비하는 우리 스텝들은 모두 여행 두어 달 전부터 각자의 방법으로 체력 다지기에 나섰다.

둘째, 기본적으로 시각장애인에 대한 이해와 그들에게 어떤 도움이 필요한지를 알아야 한다. 북촌에 가면 '어둠속의 대화'라는 체험형 전시장이 있다. 완전한 어둠 속에서 길을 목소리로 안내해주는 로드 마스터와 함께 100분간 시각 이외의 감각으로 체험하는 참여형 체험 전시다. 한 줄기 빛도 없는 어둠에 대한 공포와 벽도 그 무엇도 의지할 것 없는 공간에서 단 한 걸음도 내디딜 수 없었던 답답함. 시각장애인들은 매번 그 모든 위험과 두려움를 고스란히 안고 길 위로 나섰을 것을 생각하니 가슴이 먹먹해졌다. '역지사지'를 통해 시각장애인의 고충을 이해하고 실질적으로 도움이 될 방법을 모색하는 계기가 됐다.

셋째, 시각장애인 맞춤형 일정이다. 시각 이외의 모든 감각을 동원해서 여행지를 느끼려면 시간이 충분히 배정되어야 했다. 동선을 최소화하고, 귤피자 만들기 등 체험할 수 있는 프로그램을 찾고, 평소 가보고 싶었지만 엄두내지 못했던 장소를 섭외했다.

마지막으로 공감대 형성이 필수다. 비장애인도 그렇지만, 시각장애인에게 낯선 사람과 하룻밤을 보낸다는 건 쉬운 일이 아니다. 나의 안전을 맡길 수 있고, 곤란한 이야기도 할 수 있는 사이가 되어야 한다. 라포가 형성되지 않으면 함께 할 수 없는 1박2일 여행길이었기에 사전에 계속 연락을 주고받고, 사전 미팅 등을 통해 서로에게 익숙해지는 시간을 가졌다.

그렇게 다녀온 동행 여행으로 kbs 제3라디오 〈심준구의 세상 보기〉에도 출연하게 됐다. 신문방송학을 전공했어도 입성하지 못한 kbs를 이렇게 출연하게 되다니 떨리는 것은 둘째 치고 현실감이 없었다. 함께 여행을 다녀온 시각장애인 김경식 님과 동반 출연했는데, 극도의 긴장감으로 그 시간이 어떻게 흘러갔는지도 기억나지 않는다. 공중파 라디오에서 내 목소리가 흘러나오는 것도 설레는 일이지만, 방송 출연 이야기를 들은 친정아버지의 반응이 더 오래 기억에 남는다. 칭찬에 인색하고 늘 무표정이던 아버지의 입꼬리가 올라가고 눈은 초승달이 되었다. "내 딸이 이 정도야!" 그 말 한마디가, 장맛비처럼 내게 쏟아졌다. 이 장맛비를 흠뻑 맞고 무럭무럭 자라날 수 있을 것만 같았다.

한국시각장애인협회에서 제작하는 시각장애인 사서함 라디오 방송

〈큐 뉴스 천〉에도 분기에 한 번씩 참여하고 있다. '큐! 말말말'이라는 코너에서 말과 관련된 책과 에피소드를 직접 써서 소개한다. 비록 지금은 시각장애인만 접근할 수 있는 방송이지만, 비장애인도 접할 기회가 마련되어 시각장애인에 대한 이해과 인식 개선에 도움이 되는 날이 어서 오기를 바라본다.

요즘은 오디오북에 도전하고 있다. 한국장애인연합에서 주최하고 알라딘이 후원하는 '시각장애인을 위한 목소리 봉사단'과 한국자산관리공사의 사회 공헌 활동 프로그램들이다. 나름 치열한 경쟁률을 뚫고 선발된 50명의 사람이 책 한 권씩을 배정받아 오디오북을 제작한다. 오디오북은 또 다른 세계였다. 진짜 성우의 세계로 뛰어든 기분이다. 책의 내용은 물론 화자의 감정과 의도를 내 목소리를 통해 시각장애인에게 고스란히 전달해야 하는데 생각처럼 쉽지 않았다.

강사님이 가장 강조하신 것은 내가 왜 '낭독 봉사를 하는가'였다. 물론 좋은 마음만으로 할 수 없는 것이 봉사지만, 사명감이 없으면 끝까지 해낼 수 없다. 시각장애인의 정보 접근권을 위해서 꼭 필요한 일이니만큼 열심을 다해 귀를 즐겁게 하고 마음을 울리는 오디오북을 만들겠다.

'광진구 1인가구지원센터'에서 진행하는 1인 가구 희망자와 편지를 주고받는 프로그램도 함께 하고 있다. '유 퀴즈'라는 TV 프로그램에서 편지 봉사를 하는 분을 보고 평소 편지쓰기를 좋았했기에 '나도 해보고 싶다'라고 생각하던 찰나에 기회가 생겼다. 그러나 즐거운 마음과는 달리 막상 시작하고는 후회막급이었다. 나의 편지 친구는 60대의 큰 상처가 있는 분이었는데 인생 경험도 짧은 내가 어쭙잖게 누굴 위로할 수 있을까 싶은 생각에 단 한 줄도 시작할 수가 없었다.

몇 날 며칠을 고민하고 고민하다 '마감 임박'이라는 장벽에 겨우 써서 보냈다. '내 편지가 위로가 되었을까?'라는 걱정에 한참을 마음이 소란했다. 내 편지가 두어 통 보내지고 나서 드디어 답장을 받았다. 편지는 많은 위로가 되었고 글 주변이 없어 미루다 이제서야 보냈노라는 말씀에 안도의 숨이 쉬어졌다. 편지가 오가면서 마음이 열리고 우리는 '마음 친구'가 되었다.

연말이 다가와 그동안 편지 봉사를 했던 작가님들을 함께 만나는 자리가 마련됐다. 한 해 동안 활동한 소감을 나누고 수고를 격려하기 위한 만남이었다. 모두의 말 속에 담긴 것은 하나였다. 처음엔 어려웠고 내가 무언가를 드려야 한다고 생각했지만, 답장으로 상대에게 혹은 편지를 쓰며 과거의 나에게 위로를 건네며 채우는 시간이었다는 것이다.

함께 하는 동료들이 있어 내가 선택한 길이 외롭지 않다.

옳은 선택은 만들어 가는 것

내가 봉사활동을 한다고 하면 지인들의 반응은 크게 두 가지로 나뉜다. 대개는 "좋은 일 하는구나!"라며 놀라워하거나, "살기 편하구나!"라고 말하기도 한다. 모두 틀린 말은 아니다.

봉사하면서 스스로 '좋은 일' 한다고 딱히 생각해 본 적은 없지만 뿌듯했던 것은 사실이다. SNS를 열심히 하지도 않으면서 봉사 다녀온 날은 은근히 자랑처럼 글을 게시하고 싶어진다. 누구에게 '좋은 일'이냐고 굳이 묻는다면 내게 더 '좋은 일'이라고 하겠다.

지금 나의 형편이 좋으냐고 묻는다면 딱히 그렇지는 않다. 제주 동행 낭독 여행을 가기 전날 남편이 뇌종양 판정을 받았다. 그래도 다행인 것은 증상도 나타나기 전 초기 상황이라 심각한 정도는 아니어서 덜 위험하다고 하는 감마나이프 수술을 앞두고 있다. 세월 앞에 장사 없다고 부모님도 올해 건강이 아주 좋지 않고 여러 질환으로 병원 신세를 지고 있다. 게다가 북한도 무서워서 남침하지 못한다는 사춘기 아들 녀석들과의 마찰도 빈번하게 빚는 중이다.

내가 꿈을 꾸지 않았더라면 가족의 건강 문제로 끝없는 바닥으로 곤두박질쳤을 거다. 왜 하필 이런 불행이 내게 찾아왔느냐고 신세한탄을 일삼았을 것이다. 그러나 지금의 나는 도리어 감사하게 생각한다. 물론 이런 일이 아예 일어나지 않았더라면 더욱 좋았겠지만, 더 심각한 상황이 되기 전에 발견할 수 있었고 더불어 건강의 소중함과 곁에 있는 사람들에 대한 각별함을 깨달았기 때문이다.

"이제 좋아질 일만 남았으니까 걱정하지 마세요."

입원해 있는 동안 자꾸만 새로운 병명이 추가되어 마음 졸이고 있는 엄마에게 남편이 한 말이 마음에 콕 박혔다.

나는 MBTI를 별로 좋아하지 않는다. 간혹 MBTI 결과를 맹신하며 그 결과에 자신을 맞추거나 합리화하는 사람들이 있다. 타고난 천성은 바꿀 수 없다고 하지만 본인의 노력과 환경을 바꿈으로써 개선할 수 있다고 확신한다. 나는 꿈을 꾸면서 긍정적인 사람이 되고 자존감이 높아졌다. 또 더 어려운 상황에서도 꿋꿋하게 헤쳐 나가는 분들을 보며 '나도 할 수 있다'는 용기를 얻고 있다. 나 또한 이 어려움을 통해 더 단단한 사람이 될 거라 믿어 의심치 않는다.

주위를 둘러보면 본인의 선택에 흔들리는 사람들이 있다. 왜 아니겠는가. 당장 옷을 한 벌 살 때도 색상은 어떤 것으로 할지, 치수는 뭐가 좋을지 숱한 선택의 과정을 거치고 구매 후에도 괜히 샀나 후회하기도 한다. 연예인 홍진경 씨는 아이에게 홈스쿨링을 시키고 있는데, 이유는 책을 많이 읽히기 위해서라고 한다. 책을 많이 읽히는 이유는 선택의 순간이 많은 인생에서 더 옳은 선택을 할 힘을 기르기 위해서라고 한다. 참 멋진 엄마의 근사한 생각이라고 감탄했다. 그런데 우리의 선택은 늘 옳을까? 살아보니 그렇지는 않았다. 후회를 덜 할 수는 있어도 아예 없지는 않았다.

광고인 박웅현 작가는 《여덟 단어》에서 "모든 선택에는 정답과 오답이 공존합니다. 그러니 어떤 것이 옳은 것인지 고민만 하지 말고 선택해 봤으면 합니다. 그리고 그 선택을 옳게 만드는 겁니다."라고 했다. 나를 찾는 모든 과정과 지금의 꿈을 꾸기까지 많은 선택과 고민과 걱정이 있었다. 나의 선택이 명쾌한 정답은 아니겠지만, 옳은 것이 되도록 만드는 것은 나의 몫이다.

나는, 내가 선택한 것을 옳은 길로 만들어 가는 중이다.

노년은 춘순처럼

우춘순

우춘순

고령화 시대 노인 장기요양보험 제도의 중심에서 일하고 있습니다.
62년생 올해 나이도 62세입니다.
지금까지 살아 온 이야기 가족, 결혼, 워킹맘, 종교, 취미 등의 삶을 돌아보고 '노년은 춘순처럼'의 블로그 명으로, 앞으로 살아갈 노년의 삶의 이야기를 글로 쓰면서 공부하고 기록으로 남기고 싶습니다.

* 인스타 : wcsbk9299
* 블로그 : 노년은 춘순처럼

노년은 춘순처럼

아들의 요구

엄마! 나 인형 사 주면 안 돼?

엄마! 펜 싸인회 줄 좀 서 주면 안 돼?

엄마! 살아보고 결혼하면 안 돼?

엄마 안녕!

스님의 법문

자원봉사는 나의 탈출구

여기가 제일 재미있는 곳

나도 봉사해도 되나요?

봉사 집에서나 잘 하지

독서를 해보니

아들의 요구

엄마! 나 인형 사 주면 안 돼?

나는 아들만 둘이다. 그래서 엄마한테는 딸이 있어야 한다는 말을 많이 들었다. 큰 아들이 일곱 살이던 어느 날 나에게 물었다.

"엄마 남자는 인형놀이 하면 안 되지?"

"아니, 해도 되는데"

여동생이 있는 친구 집에 가니 예쁜 인형이 있는데 인형한테 주사를 놓으면 아프다고 울고, 말을 하기도 하고, 인형의 유모차도 있고, 예쁜 옷도 많이 있다고 이야기 하며 새로운 인형에 대한 찬사를 이어갔다. 인형을 사준 적이 없었으므로 예쁜 여자 인형을 본 적이 없었는데 남자도 인형 놀이해도 된다는 엄마의 대답에 신나서 설명을 이어갔다.

신세계를 보고 온 탓에 큰 눈은 더 크게 뜨고, 작은 두 손으로 인형 모양을 그려가며 흥분된 모습으로 신나게 설명하고 나서는

"엄마 나도 그 인형 한 개 사주면 안 돼?"라고 했다.

인형을 사본 적은 없지만 딸을 키우는 친구들 덕분에 그 인형이 비싸다는 것은 알고 있었다. 남자도 인형놀이 해도 된다는 대답도 들었고, 상세히 설명도 했으니 당장 사러 가자는 엄마의 대답을 기다리는 아이한테 나는 변명을 했다. 그래도 남자는 인형보다는 로봇을 사야지 사나이가 인형은 맞지 않은 것 같다. 친구가 놀러 오면 나도 인형 샀다 라고 말할 수 있겠는지, 또 아빠는 뭐라 하실까? 라며 너

무 비싸서 사 줄 수 없다고 솔직하게 말하지 못했다. 시간이 지나서 생각해 보니 다음에 여자 동생이 태어나면 사 줄 수 있겠다는 핑계로 미루었던 것도 같다. 불행인지 다행인지 남자 동생이 태어난 덕분에 우리 집 장난감 상자에는 예쁜 여자 인형은 들어오지 못했다. 지금도 예쁜 인형을 보노라면 신세계를 만난 듯 신나게 말하던 아이의 얼굴이 떠올라 웃음이 난다.

엄마가 그때 인형을 사주지 못해 미안해 아들!

그래 맞아 남자아이도 인형놀이 해도 괜찮아.

엄마가 펜 싸인회 줄 좀 서 주면 안 돼?

"이번 토요일 교보문고에서 펜 싸인회 있는데 줄 좀 서 주면 안 돼?"

아이가 고 2 때의 일이다. 좋아하는 가수가 펜 싸인회를 한다고 했다. 오전에 학교에 가야 하니 엄마가 펜 사인회에 줄을 서 있으면 학교 수업 마치고 오겠다고 한다. 결혼 전이나 지금이나 연예인에 대한 관심이 전혀 없던 나로서는 연예인을 그리도 좋아하는 아이를 이해할 수 없었다. 마침 일정 없는 주말이라 아이의 부탁을 들어주기로 하고 오전 9시에 교보문고에 도착했다. 내 아이와 같은 친구들이 어찌 그리 많은지 이른 시간임에도 벌써 줄은 길게 이어져 있었고 그 줄 끝에 나도 합류를 했다. 아이를 위해서 이런 일쯤이야 하는 생각도 있었지만, 나 스스로 찾아서는 절대로 설 수 없는 이 줄에 서 있는 자체가 신세계에 와 있는 듯 했다. 줄을 서서 기다리는 사람들은 모두 본인이 좋아해서 온 사람들일까 하는 의문도 들었다. 혹여 나처럼 누군가의 줄을 대신 서 주는 사람인지, 돈을 받고 줄을 서 주는 사람도 있다 하는데 그런 사람도 있는지, 젊은 사람, 나이가 조금은 있어 보이는 사람, 연인처럼 보이는 사람 등 모습도 연령대도 다양했다.

얼마나 기다렸을까 펜 싸인회가 시작되는 시간에 아이는 학교를 마치고 도착 했다. 내가 서 있던 곳에 아이와 자리를 바꾸고 한 참을 기다렸다. 싸인을 받은 아이가 나왔다. 오전 내내 줄을 섰던 엄마는 간 곳이 없고 싸인 받은 CD를 들고 입이 귀에 걸린 모습으로 나왔다.

집으로 돌아오는 길 버스 맨 뒷 좌석에 나란히 앉았다.

"엄마! 나 악수도 했다."

"그래 아들 많이 좋았겠네 "

"응! 엄마 그런데 나 지금 구름 위에 떠 있는 거 같아."

"악수한 손 만져 봐도 돼?"

"안 돼 엄마!"

집으로 돌아오는 내내 펜 싸인회의 여운을 부여잡고 행복해하는 아이를 바라보며 '자식이 뭐라고 이리 관대할 수 있는지?'자식을 낳아 키워봐야 부모 마음을 안다는 말이 공감이 가는 날이었다. 지금까지도 이날의 일을 남편에게 말하지 않았다.

만약 이 이야기를 그때 했더라면 남편은 이렇게 말했을 것이다.

"아이나 엄마나 똑같다." 라고,

지금 생각해도 그 일은 내가 아이에게 해 준 가장 멋진 선물이었다.

엄마! 먼저 살아보고 결혼하면 안 돼?

서울에서 근무하던 아이가 직업을 바꾸면서 대구에 내려오게 되었다. 졸업하고 선택했던 길에서 전향하여 스스로 다시 찾은 길이라 더 나은 선택을 했다고 믿었기에, 응원하고 격려해 줄 수밖에 엄마가 해 줄 수 있는 일은 없었다.

대구에 내려오기로 결정하고 난 뒤 어느 날 전화가 왔다.

"엄마! 나 대구로 내려가면 여자 친구랑 먼저 살아보고 결혼하면 안 돼?"

이 무슨 말도 안 되는 소리를 하는 것인지 누구에겐가 들어봤던 이야기다.

'요즘 애들은 결혼하기 전에 살아보고 결혼 한다.'라고 진짜 말도 안 되는 이야기를 내 아이가 할 줄은 생각하지 못했는데 뭐라고 대답을 해야 하는지 순간 할 말을 잃고 짧은 순간에 많은 생각이 스쳐갔다.

'내가 잘 못 키웠나, 남자라서 괜찮을까, 살다가 그만둔다 하면 그때는 어찌해야 하나, 그럼 여자 친구는 괜찮은가, 아빠는 뭐라 대답할까…….'

"그래 네 나이가 얼마인데 네가 결정했으면 그래야지 엄마는 그래도 좋다는 아니지만 네가 그리 생각하고 결정했다면 그리해야겠지" 라고 대답을 하고 전화를 끊었다. 잠시 후 아이가 아빠와 통화를 했는지 남편한테서 전화가 왔다. 조금은 격양되고 화난 목소리로 "당신이 먼저 살아보고 결혼해도 된다고 말했다고 하던데, 어찌 그런 말도 안 되는 허락을 할 수가 있느냐, 아들이라고 그랬냐, 당신 딸이라면 그랬겠느냐, 여자 집에서 어떻게 생각하겠느냐" 말을 할수록 목소리가 커지면서 이 말도 안 되는 상황의 화살이 내게로 돌아왔다.

순간 이건 아니다 싶었고 돌아온 화살을 남편에게 돌렸다.

"내가 살아보고 결혼하라고 애한테 시켰냐, 나이가 몇 살인데 지가 알아서 해야지 그리고 그 새끼한테 전화해서 화를 내야지 왜 나한테 전화해서 화를 내느냐"라고 남편보다 더 격양된 목소리로 말하고는 쏟아지던 화살을 다시 돌려보내고 전화를 끊어 버렸다. 아이한테 하지 못한 얘기를 남편한테 한 것 같아 속이 후련했다. 저녁이 돼서 남편은 한참 동안 말이 없더니,

"자식이기는 부모가 없다더니 옛날 속담이 어찌 이렇게도 맞는지 세월 따라 살아야지"라고 말했다.

아직도 받아들이기 어려운 상황이지만, 결혼하지 않겠다는 애들도 많다는데 결혼하기 위해 내린 결정이라 여기고 긍정적으로 생각하기로 한 듯했다. 시간이 얼마나 지났을까…….

일 년전 아름다운 가을날 아들은 결혼식을 올렸고, 세월 따라 맞춰 살아야 함을 절감했다.

엄마 안녕!

첫째 아이를 낳고 친정에 있을 때 엄마 친구분이 오셔서 "여자는 결혼해서 애기 낳고 살아봐야 엄마 마음을 안다'고 했다. 엄마도 이렇게 나를 낳았고 엄마가 되었구나라고 생각하며 그때에는 이제 아기도 낳았으니 엄마 마음을 다 알 것 같았고 또 그런 줄 알았다. 누구나 그럴 것 같다 결혼해서 아이를 낳고 그 아이가 자라서 학교를 가고 또 자라서 결혼을 시켜보니 이제는 엄마의 마음을 알 것 같다. 외동아들의 아버지와 결혼하신 엄마는 우리들이 결혼한 후에도 할머니와 오랜 시간 동안 함께 했고, 뿌리 깊은 유교 문화가 창궐할 시기 한평생 제사 모시는 일이 엄마에게는 중요한 일이었다.

언젠가 엄마가 갑자기 쓰러져 병원 응급실에 입원했다는 연락을 받고 갔더니 오늘 저녁큰집에 제사인데 어떻게 해야 하느냐며 걱정을 했다. 도대체 제사 문화의 목적이 무엇인지 살아있는 조상이 응급실에 누워서 죽은 조상을 기리는 제사를 걱정하는 상황이 너무나 속상했다.

지금의 제사 문화는 시대에 따라 많이 변하고 있어 개인적으로 바람직하다 여기는 일인이다. 엄마와 50년을 함께 했던 할머니가 돌아가시고 얼마 후 엄마에게 갔을 때의 일이다.

"네가 거실에 큰 대자로 누워봤다. 나도 이리 살아도 되는가 싶다,"라고 말했다.

그리고 네가 낳은 두 딸은 맏이로 시집가지 않아서 좋다고 말하며, 할머니와 50년 세월의 고단함과 딸의 삶에 대한 염려를 함께 이야기했다. 그렇게 수년이 지나고 엄마도 쓰러져 병원 입원과 치료를 받았으나 일상이 어렵게 되었다. 자식들은 각자의 삶을 사느라 누구도 엄마와 함께 생활할 수 없었고, 병원에서 퇴원 후 여사님과 함께 살아갈 수밖에 없는 상황이 되었다.

"너 거 아버지는 죽을 복도 타고나서 그리도 쉽게 갔는데 나는 왜 죽지도 않고 너희들 고생을 시키고 있나? 내 마음대로 다닐 수 도, 밥을 해 먹을 수 도 없어 저 사람은 나 때문에 자기 집에도 못 가고 있는데 나는 그냥 이렇게 살아도 되냐고?" 몇 번이고 묻고 또 물었다. 건강할 때도 그랬듯이 몸이 불편해서 누워 있을 때도 타인의 삶을 염려했다.

그렇게 수년을 계시다 엄마는 우리 곁을 떠나 하늘의 별이 되셨다. 엄마가 그리도 좋아하시던 절에 모시고 다시 만난 스님께서는 "이 보살님은 살면서 다 닦은 어른이라 49제 지내지 않아도 되는 사람이다."라며 위로 해 주셨고, 절에 있는 법당 보살님은 가신 뒤에도 자꾸 생각나는 보살님이라고 칭찬을 아끼지 않았다. 엄마가 다니시던 절은 팔공산 비로봉 가는 길의 계곡을 따라 자동차로도 한 참을 올라가 산 중턱 위에 위치해 있다. 언니와 나는 엄마의 49제 기간 동안 그 길을 다녔다. 그 길을 다니면서 지금까지 살아오면서도 한 번도 본 적 없는 팔공산의 봄이 오는 풍경을 주말마다 볼 수 있었다. 팔공산의 골 깊은 산사의 봄소식은 아름답다 못해 경이로웠고, 언니와 나는 엄마도 보고 즐겼을 아름다운 봄 풍경을, 엄마에 대한 그리움을 봄꽃 속에 묻으며, 가슴 시린 봄을 즐기고 또 즐겼다. 꽃을 좋아하셨던 엄마는 어쩌면 이 봄의 아름다운 꽃을 보면서 남은 우리들이 봄꽃처럼 살아가라고, 엄마도 봄꽃처럼 살고 싶었다고 아니 그리 살다 갔노라고 말하고 있는 듯했다.

"참하고도 참한 내 딸!"

엄마를 마지막으로 떠나보내는 49제날 새벽, 꿈속에서 백허그하듯 안으며 나에게 하신 말이다. 그 새벽! 나는 돌아가신 날 보다 더 많이 울었다. 세월 속에 자식을 의지 할 수밖에 없는 시간 동안 도리를 다 하지도 못했는데, 희미하지만 분명한 목소리로 말해주던 그 말이 슬펐지만 위안이 되고 또 되었다. 무엇이 그리도 미덥지 못했는지 늘 걱정하며 지켜봐 주시던 엄마였다. 딸을 키워보지 않았기에 엄마의 심정을 다 헤아릴 수 없겠지만 가시고 나니 엄마의 마음을 알 것 같아 더욱더 그리웠다. 이제는 주말이 되어도 가야 할 곳도, 가 봐야 할 곳도 없다.

몸이 불편해 계시는 동안에 그렇게도 보고 싶고
그리워하셨던 아버지와 외할머니 그리고 외할아버지는
그곳에서 만나셨는지, 만났다면
그곳은 평안하신 지 대답 없는 안부를 전합니다.
먼 훗날 만날 날을 기약하며
사랑했던 울 엄마 꽃을 좋아했던 울 엄마,

엄마 안녕!

스님의 법문

나의 종교는 불교다. 고등학교 때 인연 된 불교는 살아가면서 늘 나를 되돌아보게 했고, 나를 더 사랑하고, 나를 더 지혜롭게 세상을 알아가게 했다. 인연이란 단어를 누구나 말하는 단어지만 불교를 만나서 인연의 소중함도 배웠다.

지금 생각하면 순진한지 바보인지 결혼하면 다 잘 사는 줄 알았고 가장은 당연히 가정을 책임지는 줄로 알았다. 결혼해서 살아보니 당연해야 할 일들은 당연하지 않았고 그 당연하지 않은 현실은 고스란히 내가 감당해야 했다. IMF로 세상이 시끄러울 때 남편은 돌연 회사를 그만두고 사업을 하겠다며 사표를 쓴 것이다. 회사에서 그만두라고 하지도 않았는데, 정년 보장은 물론이고 당시엔 꿈의 직장이었던 회사를 그만두고 개인 사업을 하겠다고 했다. 그때까지도 나는 사업은 아무나 하는 줄 알았고 남편은 가장이기에 당연 생활비를 준다고 믿었다. 퇴사 당시 본인이 원했다는 이유로 17년을 근무하고도 실업급여도 받지 못하고 회사 생활은 정리가 되었다.

이 무슨 말도 안 되는 경제 논리를 적용해서 사표를 던지고 나온 남편과, 사업은 누구나 하면 된다고 생각 한 세상 물정 몰랐던 나는 사업 내용에 대해 알려고 하지도 않았고 남편이 알아서 한다고 여겼다. 돌이켜 생각해 보니 양가를 다 봐도 물려받을 재산도, 모아놓은 돈도 없는 평범한 샐러리맨이었고 아이들은 이제 막 초등학교와 중학교를 시작하는 시기였다. 남편의 사업은 당연히 몇 달을 가지 않았고 막막한 현실을 깨닫는 대는 얼마의 시간이 필요치 않았다.

어떻게 살아야 하는지 도대체가 답이 나오지 않은 현실을 거부도 동조도 할 수 없는 시간들이 지나갔다. 그러면서 나는 집 가까이에 다니던 절을 찾아가는 날이 많아졌다. 새벽 기도를 마치고 어느 날 스님께 말씀드렸다.

"스님! 어떻게 살아야 하는지 앞이 보이지가 않습니다."

스님께서 말씀하셨다.
"보살님! 길가는 사람 붙잡고 물어보면 앞이 보인다는 사람은 열 명 중에 두 명 있을까 말까 할 것이다." 지금의 경제 구조가 팔십 프로의 사람들이 앞이 보이지 않는 삶을 살아가고 있는 것이 현실이다라고 말하시고는 다시 내게 물으셨다.

"사는 집이 없나? 자식들이 속을 썩이나? 남편이 바람을 피우나? 가족 중에 누가 아픈 사람이 있나?"

나는 아무런 대답도 하지 못했다.

"돈만 있으면 되겠으니 법이 허용하는 한도 내에서 똑똑한 보살이 나가서 벌어라."

커피를 드시면서 말씀 하시는 스님께 공복 커피는 몸에 해롭다고 드시지 말라며 대답 대신 말했다. "해로운 것도 좀 먹어야지 때가 되면 죽을 것이고 죽어야 열반을 하던 해탈을 하던 할 것 아닌가?" 라고 하셨다.

요즘 사람들은 몸에 좋다는 것만 찾아서 먹고 죽을 생각을 하지 않아 언제 죽을지 모른다. 두고 보면 알겠지만 앞으로는 죽지 않고 너무 오래 살아서 큰일이다라는 말이 나올 것이다.

"우리 엄마 언제 죽나?"라고 할 때까지 살면 안 되는데 그 또한 마음대로 되는 일은 아니다. 절에 오는 노 보살님들이 가장 많이 하는 말은 "자는 잠에 가는 것이 소원"이라고 말하는데 그 또한 말이 안 되는 소리이다. 평생 절에 다니고서 그런 말을 한다면 부처님 법을 모르는 것이다. 자는 잠에 죽고 싶다고 말은 쉽게 하는데 평생 닦아도 어려운 일이 자는 잠에 죽는 일이다. '하고 싶은 대로 하고, 먹고 싶은 대로 먹고, 자고 싶은 대로 자고, 자기 마음대로 다하면서 살아왔는데 어찌 자는 잠에 가기를 원하는가'라고 하셨다.

삶에서 길이 보이지 않는다는 푸념 같은 질문에 가장의 역할이 어찌 남자만이 해야 하는지, 현시대의 경제구조와 현대인들의 건강 개념에 대한 생각, 그리고 깨어있고 공부하는 사람이 되라는 말씀까지 하셨다. 우문현답의 사자성어가 생각났다. 이론과 현실은 다른데 스님의 말씀대로 나는 무슨 일을 해야 하는지, 끝이 없어 보이는 어두운 터널 속으로 들어가는 심정으로 집으로 돌아왔다.

'가정은 가장이 꼭 책임져야 한다고 법에 나와 있지도 않다. 그럼에도 나는 그 이상은 생각하지 않았고 일을 하더라도 아르바이트 정도만 하면 된다고 가볍게 생각하고 있었다. 이제는 나도 아르바이트가 아닌 워킹맘이 되어야 했고 또 그럴 수 밖에 없었다. 그렇게 마음의 결심을 하고 나는 아르바이트가 아닌 일을 찾기 시작했다. 그 후 20년이 지난 지금 그때 스님의 법문 덕분일까 지금은 정년이 없는 내 사업장을 갖게 되었고 정신적 시간적 여유가 조금은 생겼다. 지금까지 힘들 때나 어려울 때 스님의 법문은 나에게 힘이 되었고, 지금도 늘 가까이에서 지켜 봐 주시는 나의 멘토이자 스승이시다.

그래 '누구라도 할 수 있는 사람이 하면 되는 것이다' 이것이 정답이었다. 그러나 이제는 또 다른 변화의 시대로 가고 있다. 누구라도 각자가 스스로 살길을 도모한다는 '각자도생(各自도生)'과 또 하나의 거처를 통해 삶의 공간을 확장하는 '각집살이 시대'라고 한다. 앞으로는 또 어떤 세상이 올까? 스님의 법문으로 들어봐야겠다.

자원봉사는 나의 탈출구

여기가 제일 재미있는 곳

15년 전 일이다. 자연스러운 흰머리에 만연의 미소를 띠고 핑크색 조끼를 입은 반가운 분을 병원 로비에서 만났다. 업무로 병원 로비에 들어섰는데 누가 아파서 왔느냐며 놀라면서 반가운 듯 반겨 주시는 분은 병원 봉사자이다. 봉사를 시작하고 얼마 지나지 않아 서로를 알아가는 중 일때의 일이다. 퇴임을 하고 한 주 내내 봉사만 하러 다니신다는 소문을 들은 터였다. 너무 반가워하며 잠시라도 앉았다 가라며 자판기 커피를 가져다주셨다.

"내가 주는 건 아니고 병원 것 주는 것이다."라고 말하고 안내 봉사를 하신다.

세계가 인정하는 최고의 조합으로 이루어진 자판기의 달달하고 진한 커피 향 보다 옆에서 바라본 선생님의 모습에서 커피 향 보다 더 진한 향이 나는 듯했다.

"선생님 너무 아름답습니다."라고 나도 모르게 나온 말을 던졌다. 늙은이 힘내라고 좋은 말 골라한다며 투정하듯 또 웃으시며

“나는 젊었을 때 뭐 하고 살았나 몰라” 하셨다.

이제 막 호기로 봉사 활동을 시작한 나를 대견해하시는 듯했다. 그렇지 않아도 평일 내내 봉사하신다는 얘기를 들은 터라 세상에 재미나는 일도 많은데 내내 봉사만 하시는지 여쭤봤다. 재미있는 곳에도 당연히 많이 가 봤다. 그런데 그곳에 가면 그때만 재미있고 이거하고 집에 가면 잠들 때까지 재미있다 말하셨다.

“내가 지금까지 살아보니 여기가 제일로 재미있는 곳 이더라.”

제발 어디라도 나를 불러만 주면 절대 결석도 지각도 하지 않을 터이니 불러만 달라 말하는 어른이시다. 늘 감사해 하시고 고맙다는 말을 하신다. 그래서 일까 만날 때마다 편안하고 평온함을 느껴진다. 선생님 보다 젊은 우리들이 어떻게 살고 어떻게 늙어가야 하는지를 행으로 보여 주시는 분이시다.

나도 봉사해도 되나요?

15년 전 흰머리의 단발머리를 한 80세 어르신이 호스피스 교육에 접수하러 오셨다.

"나도 봉사해도 됩니까?"

나이 제한이 없기에 당연히 가능하다 대답하며 안내 해 드렸다. 그렇게 안내 한 인연으로 지금까지 지중한 인연이 이어지고 있는 봉사자 어른이시다. 평생 기도하며 생활하신 어른이라 기도 봉사를 목적으로 오셨다 했다. "나도 환자인데 나보다 더 환자가 나를 필요로 한다면 이 보다 더 좋은 일이 어디 있냐며 불러 주는 것만으로도 감사하다."라고 하시며 봉사 나오시면 평생 하신 기도의 원력을 쏟아내셨다. 병실 기도 봉사는 두 사람이 한 조가 되어하는 경우가 대 부분이다. 코로나와 함께 봉사가 멈추기 전까지 많은 시간 동안 단짝이 되어 함께 봉사했다.

"내가 무슨 복으로 이리도 예쁜 사람과 함께하는 시간을 주는지 감사하고 또 감사하다"라고 말하시며 칭찬해 주신 어른이시다. 코로나 이후로 봉사는 멈췄지만 95세 어른은 지금도 건강하게 기도 하시며 잘 생활하고 계신다. 모든 사람들의 마음을 다 알 수는 없지만 모두

가 같은 마음은 아닐 것이다. 그렇지만 내가 만난 봉사자 센터의 선생님들은 환자를 위해 무엇을 어떻게 도와 드릴지를 고민하는 사람들 이었다. 세상을 가장 잘 사는 삶은 나도 좋고 남도 좋아야 한다고 한다. 그렇다면 봉사하며 살아가는 삶이 잘 사는 삶이 아닐까 생각한다.

봉사 집에서나 잘하지

워킹맘으로 산다는 건 참으로 어려운 일이다. 베이비붐 끝자락 세대인 우리 때에는 결혼하면 대부분이 전업 주부가 되는 경우가 다반사였고, 심지어 전문직임에도 전업 주부가 되는 일도 당연 시 되던 시절이었다. 나 역시도 신혼 때에는 전업 주부를 당연하게 여겼으며, 이는 가장인 남편이 가정을 책임져야 한다는 것이 당연한 시절이었다. 그러나 나의 결혼 생활은 내가 뜻한 대로 되지 않았고 아이들이 자라면서 워킹맘을 하지 않을 수 없는 상황이 되었다. 나는 남편만 바라보는 해바라기가 되지 않기로 마음먹고 일을 시작했다. 시키지도 않은 워킹맘에 대한 불만으로 남편과의 소통은 불통이었고 전업 주부였던 때와 한 치의 양보도 없는 남편의 일상은 더더욱 나를 힘들게 했다.

차라리 아이들이 엄마를 더 이해하고 배려하며 자라고 있었다. 궁하면 통하는 것일까 평소에도 관심이 있던 호스피스 봉사활동과 인연이 되면서 주 1회의 짧은 시간이었지만 바쁜 중에 호스피스 봉사활동을 하게 되었다. 교육은 받았지만 내가 뭘 알고나 하는지, 이리 해도 되는지, 어떻게 해야 잘하는지, 어디까지 해야 하는지 모든 것이 호기만을 믿고 봉사를 하겠다고 나선 것이 죄송할 때도 많았다. 그렇게 시간이 지나고 배우고, 알게 되고, 많은 좋은 분들을 만났다. 모임이란 것이 활동을 하게 되면 인프라가 만들어지면서 여타의 일들을 함께하게 된다. 사람은 살아가면서 많은 사람들을 만나게 된다. 그중에서도 봉사하는 사람들을 만나보니, 하는 일도 연령대도 다양하지만 좋은 분들은 봉사센터에 다 있는 듯했다. 시간적, 경제적, 정신적으로 여유를 다 가지고 살아가는 사람들은 많지 않을 것이다. 여유가 많은 사람들도 있지만 바쁜 사람들이 더 바쁘게 시간을 쪼개서 봉사에 참여한다는 사실도 알게 되었다. 시간이 지날수록 모임은 더 깊어지고 신나지고 즐거워져 갔다.

워킹맘의 틀에서 벗어날 수 없었기에 미안함과 아쉬움은 늘 나를 따라다녔다. 그래도 그곳은 나의 쉼터였고 위로받고 위로하는 공간으로 변해갔으며, 함께 하는 분들도 만나면 만날수록 인연은 더 지중해 졌다. 주 1회의 봉사 시간에서 주말에도 가끔씩 나가야 하는 일이 있던 어느 날이었다. 자신밖에 모르는 남편은 근무 일도 아닌데 나가는 것이 못 마땅한지 화를 냈다.

“봉사는 무슨 얼어 죽을 봉사! 집에서나 잘하지! 그 봉사하는 사람들은 가정도 없나?”

가장이라고 워킹맘인 마누라는 안중에도 없이 손끝 하나 움직이지 않는 남편을 어찌 생각해야 하는지 딜레마에 빠졌다. 시대 탓으로만 여겨야 하는지, 그래도 아프다 하지 않고 가장 역할 열심히 한다고 생각하는 남편을 이해해야 하는지, 늘 하던 고민이 더 깊어지는 날이었다. 전업주부 이면서 주말에 봉사한다고 나간다면 화를 내지 않았을까 답도 없고 끝도 없어 보이는 시름을 뒤로하고 그냥 나와 버렸다. 시대를 거슬러 조상님들까지 불러들여 무슨 제도를 이리 만들어 놓았는지 가장이 무슨 벼슬인지 묻고 싶었다.

병실에서 많은 환자들을 만나면서 아프지 않고 건강하게 하루하루 일상을 할 수 있는 자체가 얼마나 감사한 일인지를 배웠다. 그래서 남편의 불만에 화를 내고 나 자신을 컨트롤할 수 없다면 봉사한다고 나오지도 말아야 한다는 생각도 했다. 남편도 주말에는 집에서 편히 쉬고 싶겠다고 생각하고, 이해와 담을 쌓은 남편을 이해시키려 하기보다 차라리 그냥 두기로 하자는 생각이었다. 이제 나에게 봉사 센터는, 남편이 이해하지 않아도, 남들처럼 잘하거나 많은 시간을 하지 못해도, 오랜 시간 동안 함께한 나의 쉼터이자 언제나 나를 반겨주는 아름다운 사람들이 모여 있는 곳이다.

독서를 해보니

인생길에 비가 내려도 마음속엔 해를 띄워라

어떤 상황에서도 눈부신 미래를 생생하게 꿈꾸고

천만 번 넘어져도 웃는 얼굴로 다시 일어나라

언제나 행복을 불러들이는 질문을 던지고

어떤 사람과도 금 같은 관계를 맺어라

세상을 떠나는 그날까지 뜨겁게 일하고

숨을 멈추는 그날, 하늘로 돌아가 별이 되어라

〈이제부터 행복해지기 / 이지성〉

책 속에서 만난 내가 좋아하는 글이다

중학교 때부터 시력이 좋지 않아 안경을 쓰고 생활을 해 왔다. 안경을 쓰니 처음과 달리 시력이 계속 나빠지는데 언제부터 인지 안경을 써도 운전하는 것은 물론이고 일상에서 불편함을 느끼게 되었다. 워킹맘으로 시간에 쫓기면서 '시간적 여유가 생기면 책을 내 마음대로 읽어야지'라는 생각을 늘 머리에 이고 살아왔다. 그런데 독서는 시간적 여유가 생기면 읽는 것이 아니라 지금 당장 시간을 만들어서 읽는 것이라는 걸 책을 읽으면서 알게 되었다.

'시력이 계속 나빠지면서 읽고 싶은 책을 마음대로 읽지 못하게 되면 노후에는 무엇을 하나?'라는 고민을 하던 어느 날 후배한테서 전화가 왔다. 후배도 안경을 끼고 있어 불편했는데 소개로 알게 되어 눈 수술을 했는데 너무 잘 보여서 나에게 전화를 한 것이었다. 그때만 해도 시력 교정을 위한 안과 수술이 실손 보험이 적용되는 시기였다. 본인이 부담해야 하는 부분도 있었지만 많은 사람들이 유행처럼 수술을 하던 때였다. 시력으로 힘들어했던 때였기에 다음 날 병원을 찾아 상담을 받았다. 시력 교정 수술을 전문으로 하는 병원이었고, 검사를 해 보니 수술을 하면 잘 보이게 될 것이라며 적극적으로 수술을 권했다.

눈을 수술한다고 생각하니 잘못되어 지금보다 더 보이지 않을 수도 있지 않을까 하는 염려도 됐지만, 수술을 했고 결과는 대 성공이었다. '심 봉사가 눈을 떴을 때 이런 기분이었을까?'

안경을 벗은 세상은 사진처럼 선명했고 다시 태어난 듯 했으며, 정말이지 며칠 동안은 구름 위에 떠 있는것 같았다. 코로나로 일상이 멈추고 수술로 밝은 세상을 다시 만났을 때 육십갑자를 살고 다시 살아간다는 회갑이기도 했다. 회갑을 맞아 나를 되돌아보니 많은 의문이 따라왔다.

지금까지 잘 살아왔는지, 잘 살고 있는지, 무엇을 하고 싶은지, 하고 싶은 일은 있기나 하는지, 앞으로 어떻게 살 계획인지……. 여러 가지 생각을 하다가 당장 무엇이 하고 싶은가에서 밝아진 눈으로 읽고 싶은 책을 마음대로 읽어 보기로 마음을 먹었다.

워킹맘을 핑계로 늘 바빴고 시간과 돈을 핑계로 다음으로 미루고 또 미뤘다. 언제일지 모르는 다음을 약속하며 나를 위로했는데 지금이 책 읽을 시기라 생각했다.

마음먹고 보니 책을 읽는다면 무슨 책을 어떻게 읽을 것인가? 책 읽는 방법에 대한 고민이 시작되었고, 여기저기 나름의 방식을 총 동원하여 독서모임을 찾기 시작했다. 더디어 대한민국 상위 1% 독서모임이라 자칭하는 독서 모임을 만나게 되었고, 1년여 과정의 독서수업을 하면서 권장도서 120권의 책을 읽었다. 그렇게 나의 책 읽기는 시작되었고 지금도 진행형이다.

'세상에 좋은 글들은 어찌 그리도 많은지' 평범한 보통의 사람들보다 잘 사는 사람들 즉 부자들은 바쁘지도 않고 즐기면서 유유자적하며 살아갈 것이라 생각했는데, 부자들은 훨씬 더 열심히 공부하고 훨씬 더 노력하고, 자신을 관리하며 하루를 살아간다는 것을 알게 되었다. 독서 수업을 하면서 읽고, 느끼고, 행동하고, 결과까지 보고 해야 하는 끝도 없어 보이는 미션들이 어렵고 서툴렀지만, 행복하고 즐거웠으며 또한 나를 성장시켰다.

내가 알고 싶고 궁금했던 것들이 책 속에 다 있었고 읽을수록 읽고 싶은 책들은 늘어만 갔다.

책을 읽으면서 함께 시작하게 된 것이 sns이다. 전문가들처럼 당연히 잘하지는 못한다. 내 방식대로 하고 있지만 일상의 기록들이 살아 움직이듯 각자의 자리에 정리되고, 책을 읽는 즐거움처럼 또 다른 즐거움과 배움이 일상의 한 자리를 차지하고 있다. 온라인 속 세상이 만들어져 가면서 또 다른 관계형성이 이루지는 과정이 새로운 세상을 열어가는 것처럼 신기하고 재미있다.

언제부터인가 주변 지인들이 공치러 가는 것이 유행처럼 번지면서 같이 가자는 말을 종종 듣는다. 그때마다 공 보다 더 재미있는 일이 있다고 말한다. 그것이 무엇인지 묻지도 않는 사람도 있지만 그것이 무엇인지 더 재미있으면 같이 하자는 사람도 있다. 그런데 책 읽기라 말하면 도대체 책이 왜 재미있냐고 반문하는 사람, 읽고는 싶은데 눈이 나빠서, 이 나이에 책 읽어서 뭐 하려고라고 하기도 한다. 누가 뭐라고 하던 나에게는 책 읽기가 지금까지 내가 한 일중에 가장 재미있고 신나는 일이다.

"자동차에 읽고 싶은 책을 마음대로 싣고, 가고 싶은 곳에 가서 그 책을 다 읽고 돌아오는 독서여행을 하고 싶다."라는 어느 작가의 말을 들었을 때 순간 너무 신나고 좋을 것 같아 반드시 해 봐야 하는 나의 버킷 리스트로 정해 두었다. 그러던 어느 날인가 이렇게 재미있고 신나는 책 읽기를 혼자만 알고 있기에는 너무 아깝다는 생각이 불현듯 들었다. 가장 이상적인 삶이란 나도 좋고 남도 좋아야 하는 것이라고 책에서 읽었다. 내가 직접 책 읽기 모임을 해 보기로 생각하고 운영하고 있는 학원 교육생들에게 공지를 했다. 책을 읽고 싶다는 사람이 몇 사람 신청을 해 왔다. 매주 수요일 아침 줌으로 독서수업을 시작했다. 물론 수업료는 없다 그냥 하고 싶었다. 단 한 명이라도 책을 통해 아니 나를 통해 책 읽기의 즐거움을 알게 된다면 이보다 더 좋을 수가 없다는 생각이었다. 그렇게 시작한 책 읽기 수업은 1년 반을 넘기면서 현재 진행형이다.

"원장님! 세상에 네가 오늘 아침에 쿠팡으로 책을 배달받았습니다. 내가 살면서 책을 쿠팡으로 배달받는 일이 일어날 줄 몰랐다."며 애기를 안고 줌수업에 들어오는 친구!

"내가 읽은 책이 책꽂이에 꽂혀있는 것이 너무 행복하고 대단하다"는 친구!

"여름휴가 때 읽겠다고 몇 권이나 들고 가서 한 페이지도 읽지 못했지만 너무 행복했다"는 친구!

"친구들이 찾아와서 꽂혀있는 책을 보며 너무 놀라는 것을 보고 너무 자랑스러웠다"는 분!

"수업 참석은 하지 못해도 권장도서는 늘 사서 읽고 있다"는 분!

"책을 만나지 않았다면 어쩔 뻔했냐"라며 한 번도 수업을 놓치지 않는 친구!

근무하러 가서 자기소개를 하면서 책 읽기 한 것이 너무 보람되고 좋다고 소개하여 시설 원장님의 전화를 받기도 했다. 많은 사람들을 만난 것은 아니지만 책을 알게 되어 너무 감사하고 행복해하는 사람들을 만나면서 내가 더 즐겁고 행복한 수요일 아침이 되고 있다. 책 읽기를 하면서 몇 날이고 나의 마음을 들었다 놓았다 했던 문장이 있다.

"꿈의 칼로 세상의 심장을 찔러라" 〈이지성〉

나는 무엇으로 어떤 칼로 세상의 심장을 찌를 수 있을까? 이 문장을 핑계 삼아 책을 통해 알아가는 즐거움에 행복한 일인이다.

여러분은 어떤 즐거움으로 생활하고 있는지, 새로운 것을 알고 싶다면 어떤 방법을 찾는지, 누구와 어떤 사람과 만나고 있는지, 만나는 사람은 나에게 도움이 되는지, 하루를 어떻게 활용하고 있는지, 4차 산업과 디지털 시대 얼마나 알고 있는지, 100세 시대 어떤 노후를 준비하는지…….

물음이 어디까지 인지 끝이 보이지 않지만 이 많은 것들은 알아가는 가장 쉽고도 저렴하며 좋은 방법은 바로 독서이다. 독서가 모든 문제를 해결해 준다는 것이 아니라 책을 읽으면서 자신을 알아가고 시대의 트렌드를 읽고 공부하고 노력하게 되기 때문이다.

"부족하니 하는 것이고 힘드니까 하는 것이다. 하다가 그만두면 한 만큼이라도 나아가는 것이다." 〈이제 시작해도 괜찮아 / 정회일〉

나의 삶을 지혜롭고 현명한 사람으로 살고 싶다면 당연히 독서라고 말하고 싶다.

책을 몇 권 읽는다고 세상이 바꿀 수는 없지만 나 자신을 바꾸는 방법은 독서가 최고다!

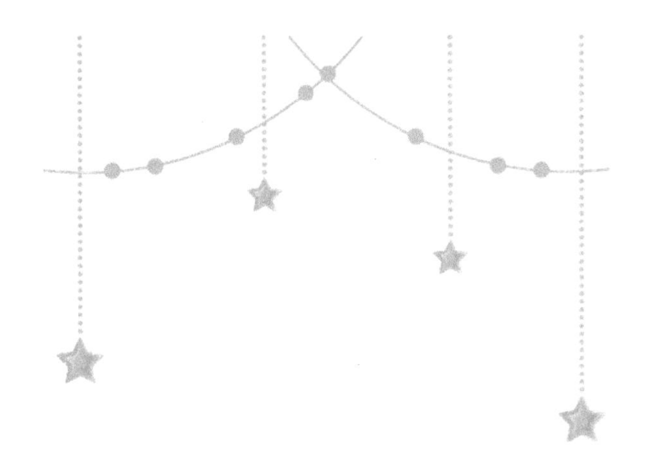

내일 더 빛날 거야

육아 우울증 졸업기

조한나

조한나

육아 우울증을 극복하기 위해 80일 된 아이와 단둘이 10년간 여행을 다닌 엄마입니다. 어떤 이는 멋지다고 했고, 어떤 이는 크면 기억도 못 할 아이를 데리고 웬 생고생이냐고 하더라고요. 누가 뭐라든, 저는 살기 위해 여행을 떠났습니다. 세상을 통해 많은 걸 보고 들으며 인생 공부하고 있습니다. 아이가 열 살이 된 올해 드디어 육아 우울증을 졸업했습니다. 많이 힘들었고 많이 울었습니다. 이제는 어딘가에서 힘들어하고 있을 초보 엄마들을 도와주고 싶어서 온라인 소통 공간을 준비하고 있습니다. 엄마들 파이팅!

육아 우울증 졸업기

영혼이 탈탈 털리는 육아 우울증

까짓거, 제주에서 한 번 살아보지 뭐

제주에는 사계절 내내 꽃이 피는구나

웰컴 투 해안동

아이와의 특별한 시간

어라? 나 육아 우울증이 끝났나봐

제주에서 또 한 번 꿈을 꾼다

영혼이 탈탈 털리는 육아 우울증

아이가 태어났다. 초산이었는데 생각보다 빨리, 큰 고비 없이 잘 낳았다. 아이가 쑥 나오는 순간 참 시원했다. 하늘이 노래진다는 통증이 기적처럼 멈추었고 속박에서 벗어난 해방감마저 들었다. 열 달간의 답답함과 힘듦이 한번에 쑥 끝났다. 내 인생에서 제일 큰 이벤트였다. 아이를 낳았으니 이제 어른이 된 거 라고 .

정말큰 일을 해낸거라고 생각했다. 출산이라는 큰 일을 해냈으니 이제 꽃길만 걸을 차례였다. SNS에서 보이던 사진과 영상에 나와 아이의 얼굴을 대입하며 꽃길 육아에 대한 상상의 나래를 펼쳤다. 엄마랑 아기랑 똑같은 옷을 입고 산책을 다니고, '엄마'하고 처음 부르던 날, 세상을 다 가진 것처럼 환호하는 모습. 응애응애 우는 아기를 안고 자장가를 불러주는 내 모습과 천사처럼 잠드는 아이 모습. 나는 그런 육아를 생각했다.

그러나 누군가는 전투 육아라고 했다. SNS 육아는 환상일 뿐이라고 했다. 꽃길 육아의 바램이 조금씩 깨지기 시작한 건 산후조리원에서부터였다. 산후조리원에 들어가면 내 몸 회복에만 전념하면 되는 줄 알았다. 그러나 산후조리원은 예상과는 달리 빡빡한 스케줄로 하루가 짜였다. 수시로 산모를 불러내 모유 잘 나오는 법, 가슴 마사지하는 법, 아이 안는 법, 기저귀 가는 법, 아이 목욕 씻기는 법, 유축하는 법, 속싸개 싸는 법 등등 실전 육아 준비를 시켰다.

그럴 때마다 산모들은 후줄근한 머리를 하나로 묶고, 조리원에서 나눠주는 수유용 꽃무늬 원피스를 단체로 입고, 가운데가 동그랗게

뚫린 일명 도넛 방석을 들고 거실로 모였다. 이왕이면 모유를 먹여야 한다는 생각에 가슴 마사지를 하며 젖이 돌기를 바랐고, 누구는 젖이 많이 나오네, 누구는 젖이 안 나와서 속상하네 하는 소리들을 했다. 조금이라도 더 모유를 먹이고 싶은 엄마 마음에 수시로 유축해서 냉장, 냉동을 하기도 했고, 아기와 친밀감을 쌓아야 한다며 아이를 데리고 와 젖을 물리기도 했다. 그래도 산후조리원은 천국이었을까?? 도와주는 손들이 많고, 같은 처지의 산모들이 앉아 마치 고난을 이겨낸 영화 속 주인공처럼 자기들 출산스토리 얘기하며 공감하고 웃고 떠들기라도 했으니 말이다. 병원에서 3박 4일, 산후조리원에서 2주를 채우고 집에 돌아오니 난 철저히 아이와 단둘이었다.

아이가 태어나면 이렇게 자주 울고, 먹고, 싸는 줄 몰랐다. 주위에 아이 낳은 친구들도 없었고, 언니도 없었기에 2시간마다 온몸이 터져라 울어대는 아이를 처음 보았다. 우는 아이를 안아줄래도, 조심스러웠다. 사람은 척추동물인데, 아기는 연체동물 같았다. 자칫 잘못해서 아이를 다치게 할까 봐 안아줄 때마다 온 몸에 힘이 들어갔다. 신생아는 조심해 줘야 될 것도 많았다. 어두운 뱃속에 있다가 나온 아이니 조명도 밝게 하지 말라고 하고, 미세먼지 많은 계절이라 창문도 열지 못했다. 그래도 처음엔 패기가 있었다. '부족한 엄마 밑에서 크느라 너도 고생한다, 잘해보자.' 아이와 공감대를 형성하려고 노력도 했다. 그러나, 몇 날 며칠을 시도 때도 없이 울고, 달래놓고 옆에 누우면 울고, 밥 좀 먹으려고 하면 울고, 손이 아파서 잠깐 내려놓으면 울고… 왜 우는지, 뭐 때문에 우는지, 어르고 달래고, 말도 못하는 아이에게 사정도 해보고, 화도 내보고 별의별 짓을 다 했다. 애 키우는게 정말 힘든거구나, 차라리 다시 뱃속으로 집어넣고 싶었다.

처음엔 긍정적으로 생각하려고 노력했지만, 힘이 들면 들수록 아이에게 짜증내고 화내고 있는 내 모습을 봤다. 우는 아이를 바라보는데 '달래줘야겠다.'란 생각이 아니라 다 놓고 도망가고 싶다는 생각이 들었다. 아기가 우는소리에 영혼이 쑥 빠져나가는 것같은 기분이었다 '나는 이거밖에 안되는 사람인가…?' 란 생각에 사로잡히며 자괴감이 들었다. 무너지기 시작했다. 몸이 먼저 무너진 건지, 마음이 먼저 무너진 건지는 모르겠다. 그냥 다 놓고 싶어졌다. 그렇게 기약없이 육아 우울증이 시작되었다.

육아 우울증이 생기니 웃음이 없어졌다. 멍한 눈을 가까스로 뜨며 하루를 시작했고, 아이가 깨면 덜컥 무서웠다. 오늘은 뭐하고 하루를 보내야 할지 막막하기만 했다. 눈을 감을 땐 그냥 이대로 일어나지 않았으면 좋겠다는 생각이 들었다. 남편이 일찍 들어오는 날이면 신세한탄하기 바빴다. 아이를 왜 나 혼자 감당해야 하냐며 화를 냈고, 내 분에 못이겨 과호흡이 와서 숨쉬기가 힘들었던 적도 있다. 숨이 잘 안쉬어지는걸 처음 경험해보는데도 당황스럽지 않고 차라리 이러다 죽었으면 좋겠다는 생각이 들 정도였다. 한 번 화가 나면 분을 삭이기 힘들었다. 지금도 창문을 바라보면 가끔씩 가슴을 치며 울분을 토하던 그날이 떠오른다.

전문가들의 말에 의하면, 육아 우울증은 출산과 육아를 겪는 여자, 누구에게나 올 수 있다고 한다. 열에 아홉은 크고 작은 산후우울감을 경험하는데, 3명 중 1명은 우울증으로 자살 충동을 경험할 정도로 심각하다고 한다. 요즘은 '전업 대디'들에게도 육아 우울증이 생긴다고 하니, 단순히 호르몬의 문제는 아닌가 보다. 내가 생각할 때 육아 우울증의 제일 큰 원인은 '나 자신에게 집중할 수 있는 시간이 없다!'라는 것이었다. 아기를 낳기 전까지 나는 힘든 일이 있음 실컷 잠을 자거나, 친구들을 만나 몇 시간 동안 수다도 떨거나, 새로운 걸 배우는 등의 의욕적인 삶을 살았다. 하지만 아이를 낳고 보니 아이와 한시도 떨어져 있지 못하고, 오로지 아이만을 위한 시간을 보내야 했다. 나는 졸려죽겠는데, 아이가 울면 일어나야 했고, 나가서 홀가분하게 바람이라도 쐬고 싶은데 갓난 아이를 데리고 나가야 했다.

우울증을 극복하기 위해서는 배우자의 적극적인 육아 분담, 몇 시간 만이라도 혼자만의 시간을 갖는 것, 산책, 요가 등의 운동을 하는 것 등이 꼽힌다. 그러나 현실적으로 양가 부모님이 멀리 계셔서 도움을 받지 못한다든지, 배우자의 직업적 특성, 부재 등의 경우로 도움을 받을 수 없는 사람도 많다.

나 역시 육아하는 동안 배우자와 부모님의 도움을 받기 어려웠다. 우리는 결혼하고 2년 동안은 달콤한 신혼생활을 보냈고, 임신을 계획할 때쯤 인생 로드맵을 함께 그렸었다. 평범한 회사에 다니던 신랑은 퇴사를 하고 새로운 사업을 준비하였고, 그동안은 내가 아이를 돌보고 남편 사업을 도와주고, 아이가 어느 정도 큰 후에는 내가 원하는 사업을 하고 남편이 돕기로 했다. 그래서 아이가 태어나고 한창 힘들 때 남편도 사업을 하느라 많이 바빴다. 요식업이었기에 자리를 잡기 위해 몇 년간은 쉬는 날 없이 일만 했다. 남편도 돈 벌어오느라 참 힘들었겠지만 나도 아이 보느라 참 힘든 시간이었다. 남편은 오전 9시에 일어나 10시에 출근을 했고 밤 11시~12시에 들어왔다. 집에 돌아오면 널브러진 장난감을 같이 정리하고, 나를 다독인 후에야 새벽 1시~2시에 잠이 들었다. 물리적으로 육아를 함께 할 시간이 부족했다. 머리로는 이해됐지만 육아에 지쳐있던 나는 기댈 언덕이 없다는 생각에 마음이 더 지쳐갔다.

숨이 막혔다, 콧바람이라도 쐬고 싶었다, 한없이 펼쳐진 바다가 보고 싶었다, 귀가 시리고 코가 시릴 정도로 아찔한 바람을 맞고 싶었다. 너무 답답해서 미쳐버릴 것 같았다. 세상의 시련들이 나를 감싸고 있었다. 여기서 벗어나고 싶었다.

마침 아기를 안아보니 흐물거리던 척추에 힘이 들어 딱 버티는 느낌이 들었다. 의자에 앉혀 등받이에 기대보니 고꾸라지지 않고 잘 앉아있었다. 처음으로 힙시트를 꺼냈다. 조심스럽게 앉히고 힙시트를 채우니 잘 버티고 앉아있었다. 됐다! 이 정도면 어디든 갈 수 있겠다! 나는 남편에게 전화를 걸어 내일 당장 제주도로 떠날 테니 비행기표를 끊어달라 했다. 제주 바다가 보이는 펜션을 알아봐달라고 했다. 아무 데도 안 돌아다녀도 된다. 그냥 바다 보면서 수유만 해도 되니 일단 제주로 가야겠다고 마음먹었다.

까짓거, 제주에서 한 번 살아보지 뭐

육아 우울증은 한 번에 끝나지 않았다. 언제 끝난다는 기약도 없었다. 집에 있으면 답답해죽을 것 같았다. 그럴 때마다 한 번씩 여행을 떠났다. 많은 곳을 다녔지만, 제주도가 제일 좋았다. 제주도는 어딜 가든 자연이 있었다. 아이를 안고 한없이 바다를 쳐다보기도 하고, 아이를 업고 땀을 뻘뻘 흘리며 오름에도 올랐다. 힘들었지만 좋았다. 자연이 주는 위안이 이런 거구나! 나무의 푸르름이 날 안아주고, 하얗게 부서지는 파도가 말을 걸어주는 이곳. 제주에서 아이를 키우면 참 좋겠다는 생각이 들었다.

여러 차례 제주를 다니면서 제주도에서 살아보고 싶다는 생각을 했다. 그러고도 한참 동안 실행을 하지 못했다. 현실적인 것들이 걸렸다. 남편은 서울에서 사업을 하고 있었기 때문에 당장 제주도에 갈 수도 없었다. 제주에는 연고도 없다. 두 집 살림을 하게 될 경우 늘어나는 생활비는 어떻게 해야 할까? 갑자기 아이가 아프거나 내가 아플 때는 어떻게 해야 할까? 제주에 살아보고 싶다는 생각만큼이나 살지 않아도 될 이유도 한가득이었다.

그러다 육아 우울증이 더 심하게 왔다. 늘 힘들었지만 이때는 정말 미치고 팔짝 뛸 것 같았다. 분명 주위에서는 세 살까지만 키우면 한결 수월하다고, 어린이집 보내고 나면 '육아 우울증 완치'라고 했는데, 난 아니었다. 아이가 크면 클수록 육아도 업그레이드가 됐다. 출산 후 고질병처럼 아픈 허리를 수그리며 세 살 아이 눈높이에 맞춰 생활하는 건 고문이었다. 밖에 나갔다가 잠들기라도 하면 15킬로가 넘는 아이를 안고 오는 것도 너무 힘들었다. 한참 이쁜 짓 하며 밝게 자라는 아이를 보며 온전히 웃어주지 못하는 나 자신을 자책하는 날이 이어졌다. 왜 나는 아이가 마냥 이쁘지만은 않을까? 남들은 눈에 넣어도 안 아픈 자식이라는데, 보고 있기만 해도 아까운 자식이라는데, 나는 왜 안그러는걸까? 눈물 속에 많은 밤을 지새웠다. 그렇게 또 1~2년이 흘렀다.

'대책이 필요하다. 환경을 바꿔야겠다. 지금 이건 내가 살고자 하는 모습이 아니다.' 란 생각이 축적되고 증폭되어 마침내 폭발했다. 다섯 살이 된 아이와 제주 가서 살겠다는 선전포고를 했다. 처음엔 그냥 투정으로 생각하던 남편도 심각성을 느꼈는지 그날 오랜 시간 이야기를 나눴다. 내가 힘들어하는 모습을 옆에서 지켜보던 남편은 나의 결정을 이해해 줬다. 부모님은 아는 사람 하나 없는 곳에서 아이 키우는 게 쉽지 않을 거라고, 가족이 떨어져서 살면 안 된다며 만류하셨다. 그러나 난 짐을 싸서 떠났다. 지금 당장 내가 죽겠는데 여기에 있을 수만은 없었다. 제주에 도착했다는 사실만으로도 설렜다. 두렵거나 무섭지 않았다. '이곳에서 너랑 나, 단둘이 잘 살아보자!' 아이를 바라보며 마음을 다잡았다. 한 달간 공항 근처 작은 호텔에서 묵으면서 어느 동네에서 살아야 할까? 어디가 좋을까? 고민을 했다.

제주도에서 괜찮은 집을 구하기 위해서는 발품을 많이 팔아야 한다. 오일장신문과 교차로신문에 매물이 많았다. 핸드폰에 앱을 깔고 수시로 들어가 확인을 했다. 부동산끼리 매물 공유가 잘 안돼있어서 여러 군데 돌아다니며 발품을 파는 게 중요했다. 그렇게 몇 군데 전화를 해서 시간을 조정하고 여러 군데 집을 보러 다녔다. 집을 보러 다녀보니 제주는 아직도 대문 없는 단독주택이 꽤 많았다. 대문과 담이 내 가슴팍에 오는 곳도 있었다. 아이와 둘이 살려면 보안이 좋아야 하니 그런 집은 아무리 좋아도 걸렸다. 1층은 각종 벌레와 지네가 나온다는 정보를 접하고는 1층도 피했다. 아직 어린아이와 함께이기 때문에 아플 때 가야 할 병원도 가까워야 하고, 마트나 어린이집 같은 인프라도 있어야 했다. 공항에서 멀어질수록 인프라가 많이 떨어졌다. 그래서 공항에서는 차로 15분 거리 내외, 인프라가 갖춰져있는 동네, 노형동에 있는 다세대 주택 4층(복층)에 자리를 잡았다.

복층의 로망이 있었던 나는, 복층과 테라스가 있는 집 자체만으로도 참 좋았다. 우리 집은 창문으로 비행기가 뜨고 내리는 걸 볼 수 있었고, 테라스에서는 한라산이 보였다. 테라스가 4층에 하나 복층에 하나가 있었는데, 4층 테라스엔 캠핑의자와 테이블을 놔두고 내가 수시로 들락거리며 커피도 마시고, 책도 읽었다. 복층은 아이 장난감방으로 만들었다. 아이가 쉴 새 없이 계단을 오르내리며 장난감방에서 놀다 내려왔다. 복층 테라스에는 인조잔디와 돗자리를 깔아서 소풍온 것처럼 도시락을 싸서 먹기도 했고, 하늘을 보며 누워있기도 했다. 세탁실겸 다용도실이 굉장히 넓어서 가정용 수영장 튜브를 사서 실내 수영장도 만들었다. 집 안에서만도 충분히 쉬고 놀 수 있었다.

아이를 돌봐야 하는 상황은 똑같은데 마음가짐이 달라졌다. 서울에 있을 땐 남편이 오기만을 기다렸다. 늦게 오면 늦게 왔다고 화내고 왜 당신은 아이를 돌보지 않냐고 원망도 많이 했다. 억울한 마음도 들었다. 열달동안 고생도 내가 하고, 출산의 고통도 나 혼자 느꼈고, 아이도 나 혼자 키웠다. 남편은 아이 낳기 전과 후가 달라지는 게 없어 보이는데 내 삶은 송두리째 변화했다는 마음이 컸다. 그런데 아이와 단둘이 제주에서 생활을 하니 마음이 편해졌다. 원망하고 억울한 마음이 없어졌다. 내가 선택해서 아무 연고도 없는데 온 제주도이다. 이 곳에서 아이를 돌보는건 오롯이 내 몫이라는 걸 받아들이자 마음이 편해졌다. 아이 돌보는 것도 한층 안정적이었다.

그래도 한 번씩 끝없이 무너지는 날이 있었다. 한번씩 너무 화가 나거나, 정말 아무것도 하기 싫은 날이 있었다. 그런 날엔 아이에게 짜증도 내었다. 육아전문가들은 열 번 잘하고 한 번 잘못하지 말고, 그냥 열 번 잘하지 않아도 되니까 한 번의 잘못을 하지 말라고 했는데, 그게 참 어려웠다. 아이에게 화를 내는 날이면 스스로를 자책했다. 내가 이것 밖에 안되는 사람인가? 이 작은 아이가 잘못하면 뭘 그렇게 큰 잘못을 했다고 화를 낸 걸까? 정말 또라이가 된 것 같았다. 그런 날 밤에는 암초에 부딪혀 침몰하는 배 같았다. 끝도 없이 밑으로 가라앉았다. 숨쉬는 것도 버겁다고 생각되는 밤이었다.

힘든 날에는 아이를 어린이집에 보내고 바로 바닷가에 갔다. 정신없이 휘몰아치는 제주 바람이 나를 혼내는 것 같았다. 바람에 혼나고 차에 들어와 앉으면 끊임없이 밀려오는 파도가 위로를 해주는 것 같았다. '너무 잘하려고 하지 말고, 한 번의 실책을 줄이자.'라고 되뇌며 평정심을 찾고 집에 돌아왔다. 집에 돌아오는 길엔 집에서 10분 거리에 바다가 있다는 사실이 늘 감사했다. 나는 그렇게 바다에 응석도 부리고 혼나기도 하고 위로도 받곤 했다.

첫 한두 달은 집을 정리하고, 동네에, 제주 생활에 적응하는 시기였다. 이곳에 편의점이 있구나, 저기에 약국이 있구나! 하면서 동네 탐방을 하러 다녔고, 2일과 7일이 들어가는 날엔 제주시 오일장이 열리는 것도 알게 됐다. 2금4토라고 불리는 대형마트 휴무일도 외웠다. (제주시 대형마트는 2번째주 금요일, 4번째주 토요일에 쉰다). 동네를 돌아다녀 보니 근처 핸드폰 매장과 옷 가게에 아이 또래 친구들이 있다는 걸 알게 됐다. 그 앞 길에서 놀기도 하고 동네에 있는 놀이터에서 함께 놀기도 했다. 편의점 사장님과도 간단한 인사를 주고받는 사이가 됐다.

내가 집 근처에서 가장 좋아하는 곳은 탐라도서관이었다. 아이와 수시로 도서관에 가서 책도 읽고, 빌려오기도 했다. 탐라도서관은 도서 대여 외에도 다양한 문학 프로그램이 많았다. 작가와의 이야기나 글쓰기 수업 같은 것도 진행했다. 야외에는 숲속 도서관이 있었다. 소나무 숲 아래에 테이블과 의자가 놓여있어서 누구나 나무 그늘 아래서 숲 냄새 맡으며 책도 읽고, 음료도 마시며 쉬었다 갈 수 있었다. 탐라도서관 바로 옆에는 노형중학교가 있는데, 하교 후 아이들이 이 숲에 앉아 숙제를 하고, 친구도 기다리는 모습이 참 예뻤다. '너희들은 알까? 얼마나 복받은 환경 속에 살고있는지.' 부러운 눈으로 그 아이들을 바라보는 것도 즐거웠다. 우리 아이도 이런 곳에서 학교 다니면 참 좋겠다는 생각이 들었다.

제주에는 사계절 내내 꽃이 피는구나

제주에는 사계절 내내 꽃이 피었다. 그 사실을 안 순간, 내가 얼마나 위로를 받았는지 모른다. 아마 육아를 하면서 지친 내가, 스스로를 황폐해진 겨울이라고 생각했나 보다. 겨울이니 볼품없고 메마른 건 당연하다고 스스로를 납득시키려고만 했다. 그런데 한겨울 하얀 눈밭에서 생생한 빨강을 뽐내며 피는 동백꽃을 보았고, 봄꽃이라 알려져 있는 유채꽃이 사실은 12월부터 피고 있다는 걸 깨닫고는 나도 꽃피듯 피고 싶어 졌다. 봄에는 유채꽃과 벚꽃처럼, 여름에는 수국처럼, 가을에는 억새처럼, 겨울에는 동백처럼. 그 사이사이 계속 피고지는 많은 꽃들처럼, 내 인생의 사계도 다채롭게 꽃피우고 싶어졌다.

제주에 살면서는 오름의 매력에 푹 빠졌다. 제주에 있는 기생화산을 일컫는 말인 오름은 쉽게 말해 작은 산이었다. 제주에 있는 오름의 수만 해도 368개라고 하니 일주일에 하나씩만 올라도 6년 정도는 꼬박 올라야 할 정도로 많은 수이다. 서울에서 오르던 관악산, 북한산에 비하면 뒷동산처럼 가볍게 오를 수 있어서 아이와 자주 올랐다. 오름에 오르다 보니 일제강점기 때 만들어진 일본 진지동굴이 꽤 많이 보였다. 화산으로 만들어진 산이라 온통 돌덩어리였을 텐데, 여기저기 이렇게 많은 진지동굴을 뚫어놓다니…! 그 당시 제주 도민들의 피와 눈물로 만들어졌을 터였다. 내 작은 분노와 슬픔에도 아랑곳하지 않고 오름은 그 아픔마저도 품고 있었다. 삶이란 이런 것일까? 지금의 내 힘듦과 아픔도 이렇게 품고 살아지는 걸까? 제주의 오름처럼 지금의 이 힘든 시기도 올곧게 품어봐야겠다, 견뎌내봐야겠다란 생각이 들었다.

아이는 아무래도 오름보단 바다를 좋아했다. 바다에 도착하면 아이는 바닷물과 모래의 경계를 거닐며 젖을 듯 안 젖을 듯 파도와 실랑이를 했다. 항상 파도에 지는 건 아이 쪽이었다. 바지가 좀 젖으면 기다렸다는 듯 바다에 더 들어가 바지를 흠뻑 적셨다. 아이가 노는 모습을 보면서 나도 맨발로 해변가를 거닐었다. 해변가를 거닐다 보면 물고기가 보였다. 아이와 함께 소리를 지르며 물고기를 한참 쫓아다녔다. 잡아보려고 손을 넣으면 물고기가 어찌나 빠르던지, 내밀었던 손을 오므려보지도 못했다. 자세히 보니 모래밭 얕은 물에 사는 작은 물고기들은 투명한 비늘에 모래색 누런 점무늬를 띠고 있었다. 현무암이 이뤄진 해변가 바위 쪽 소라게들은 검고 투박한 딱지 속에 들어있었다. 그랬다. 세상에 많은 생물들이 자신이 살기 유리한 쪽으로 보호색을 띠고 있었다. 교과서에 나온 카멜레온, 무당개구리만 보호색을 띠는 게 아니었다. 이런 작은 생명들도 자기 앞가림을 본능처럼 하고 사는데, 우리 아이도 자신의 보호색을 찾아내 잘 살아가겠지, 생명의 강인함을 믿고 싶어졌다.

제주에선 어딜 가나 하늘이 보였다. 하늘의 색이 이렇게 다양한지 처음 알았다. 하늘은 빨주노초파남보 무지개 빛깔 이상을 담고 있었다. 자정까지 잠 못 들었던 밤에 올려다본 하늘은 하얬다. 깜깜한 밤하늘이 어둡지 않고 하얬다. 신기해서 인터넷에 찾아보니 수증기가 응축된 구름이라고 했다. 수증기 밀도가 높은 구름, 아! 그런 것도 있구나. 새벽 5시에 온전한 나만의 시간을 보내고자 미라클 모닝을 실천했었는데 그때 다채로운 하늘의 색을 많이 봤다. 아침 해가 떠오르기 직전에 핑크빛 수채화 물감을 풀어놓은 듯 하늘이 물들 때도 있었고, 옅은 보랏빛이 점점 더 밝아져 세상을 환하게 비출 때도 있었다. 한여름의 노을은 불타는 태양의 색이었다. 바다마저도 빨갛게 물들일 정도의 강렬한 색이었다. 신비로운 하늘색을 발견할 때마다 경이로웠다. 그동안 이 멋진 광경들을 놓치고 살았던 건가? 대체 무엇을 위해 살았던 걸까? 제주의 자연은 경이로움과 함께 앞으로 내가 어떻게 살아야 할지에 대한 물음도 함께 주었다.

그러고 보면 난 태어나면서부터 너무 자연스레 서울에서 살았다. 항상 시끄럽게 북적이는 게 당연했고, 복작거리는 사람들 틈에선 경쟁해서 이겨야 했다. 져도 이겨야 했고, 힘들어도 열심히 해야 했다. 허튼 시간을 보내면 도태된다는 생각을 가지고 있었다. 출퇴근 시간대 지하철에 몸을 실어본 사람들은 알 것이다. 열심히 잘해내지 못하면 이 평범한 사람들과의 경쟁에서도 질 것이라는 위기감. 하늘이 보이지 않을 정도로 치솟은 높은 빌딩과 아파트만큼 가파르게 오르는 집값을 보면 내 한 몸 누일 공간도 없겠다는 두려움. 그래서 피곤에 절여진 몸을 일으켜 세워 더 강한 척, 더 잘하는 척, 더 야무진 척하고 살았다.

출산 후에는 새로운 세상에서의 경쟁이었다. 산후조리원에 같은 날 들어온 동기는 이제 막 태어난 아기가 5살에는 영어유치원에 갔으면 좋겠다며 미리 대기를 걸었다고 했다. 조리원에 있는 동안 앞으로 해나갈 아이 교육에 대한 계획을 설명했는데, 이대로라면 하버드 대학까지 갈 계획이었다. 아파트에서 오며 가며 알게된 언니는 18개월

된 아이에게 한글과 수학, 영어 학습지를 시킨다고 했다. 어렸을 때 미리미리 해놔야 아이가 거부감 없이 받아들인다고 했다. 난생처음 하는 육아에 어쩜 이리 고수들이 많은지 놀라웠다. 내가 읽은 육아 관련 책에는, 이런 현실 교육에 대해선 전혀 나와있지 않았다. 책에는 애착형성, 편안한 육아가 먼저라고 쓰여있었는데 현실에서는 이미 경쟁이 시작되었다. 나도 참 힘들었는데, 우리 아이도 이렇게 살아야 하는구나. 이렇게 똑같이 경쟁하고 살아야하는구나. 가슴이 턱 막혀왔다. 그렇게 아이를 키우는 일에 조바심과 조급함이 생겼고, 바닥을 드러낸 체력과 호르몬의 변화가 뒤섞여 육아 우울증의 암흑으로 빠져버렸던 것이다.

그런데 제주에 살아보니 그런 건 다 아무래도 괜찮았다. 보호색을 띠는 물고기처럼 서울에선 서울에서 사는 방법이 있을 테고, 제주에 살면 제주에서 사는 방법이 있을 터였다. 아이가 원해서 해외에 살면 해외에서 사는 방법이 있겠지 싶었다. 각자 자기가 주어진 삶에서 자기 색깔을 띠며 사는 것, 그것이 인생이지 않을까? 육아에서 조바심을 좀 내려놓자 아이를 대하기가 한결 수월해졌다. 실수를 해도 '아이니까 그럴 수 있지.'란 생각이 들었고, 열 번 이야기해도 안되면 '엄마가 스무 번, 백 번 이야기해줄게!' 라며 상황을 부드럽게 넘길 여유가 생겼다.

웰컴 투 해안동

제주에 온지 2년이 지나 이사를 결심했다. 제주살이에 익숙해지니 좀 더 조용하고 제주스러운 곳에서 살아보고 싶어졌다. 다시 한 번 오일장신문과 교차로신문을 뒤지고, 여러 부동산에 전화를 걸었다. 그렇게 며칠동안 발품을 팔며 노형동에서 2~3km 떨어진 해안동으로 이사를 왔다. 집 보러왔을 때 첫 눈에 반한 곳이었다. 기쁜 마음을 드러내지 않고 담담히 계약을 하고 온 날 기분이 너무 좋았다. 중산간에 위치한 이 집은 앞으로는 바다가 뒤로는 한라산이 보였다. 날이 맑은 날에는 저 멀리 추자도도 보이고, 한라산 정상에 눈이 쌓인 것도 보였다. 나름 여행을 많이 다녀본 나도 전망만큼은 여기보다 더 좋은 집을 본 적이 없었다. 그렇게 나는 해안동 주민이 되었다.

해안동에서 산지 1년이 되었을 때, 코로나가 터졌다. 처음 겪어보는 전염병에 전 세계가 멈췄다. 호흡기를 통해 사람에서 사람으로 퍼지는 질병이었다. 사람들과의 만남이 공포였던 시기였다. 보고 싶은 가족, 친구들의 만남도 자제했고, 각종 모임들도 금지됐다. 새로운 질병에 전 세계 사람들이 다 움츠렸으나 그럼에도 확진자는 폭발적으로 증가했고, 제주에도 확진자가 나오기 시작했다. 제주도에 코로나 확진자가 나왔다는 뉴스를 접하고부터는 어린이집도 거의 안 보내고 아이와 나, 단둘만의 생활을 했다. 어차피 아는 사람도 없는 제주도였던지라 아이와 나 둘만 있는 집은 코로나에 비교적 안전했다. 온전히 둘이 서로를 의지하며 보낸 시기였다. 아이가 크면서 혼자 할 줄 아는 게 많아지자 나도 서서히 내 생활을 찾을 수 있었다. 관심 있던 분야의 강의를 듣고 있으면 아이는 나를 방해하지 않고 조용히 스케치북을 들고 와 옆에서 그림을 그렸고, 반찬을 만들고 있으면 소꿉놀이하듯 채소를 잘라줬다. 함께 만든 카레에 당근이 제멋대로 생긴 것도 좋았고, 감자채의 두께가 두꺼워 익지 않아도 맛있었다. 코로나로 다들 힘들어할 때, 나는 육아 우울증의 굴레에서 벗어나는 중이었다.

금방 끝날 것 같던 코로나가 한껏 기세를 세우던 2020년 5월의 어느 날, 7살이 된 아이 앞으로 입학통지서가 날아왔다. 집 근처에 있는 해안초등학교로 배정되어 있었다. 학교는 서울에서 보낼 생각이었는데, 예상치 못한 돌발상황이었다. 돌아가는 상황을 보아하니, 서울에서 학교를 다니면 코로나에 걸릴 위험도 높아질 것이 분명했다. 뉴스를 보니 육지에서는 등교를 못하는 대신 집에서 온라인 수업을 하고 있는데 아무래도 공부의 질이 떨어진다고 했다. 남편과 상의 후, 아이는 제주에서 학교를 보내기로 했다. 그렇게 아이는 해안동의 작은 학교, 해안초등학교에 입학했다.

이 작은 학교는 코로나 시기에 빛을 발했다. 코로나가 한참 심해졌던 일주일 정도를 제외하고는 거의 다 등교해서 수업을 했다. 당연히 마스크 착용은 철저하게 했으나 코로나 시대에 비교적 자유롭게 학교생활을 했다. 나도 학교 도서관 사서로 자원봉사를 하면서 일주일에 하루 정도는 아이 학교로 출근을 했다. 작은 학교였던지라 도서관에 책 빌리러 오는 아이들의 이름도 학년에 상관없이 거의 다

외웠다. 내가 이 정도였으니, 아이들은 오죽하겠는가? 1학년부터 6학년까지 전교생이 서로를 알며 지냈다. "오늘 3학년 00이가 책 빌리러 왔는데, 엄마한테 이렇게 이야기하더라." 하면서 학교에서 있었던 일을 이야기해 주면 아이는 "아 그 언니? 그 언니 아까 나랑 그네 같이 탔는데." 혹은 "그 오빠, 우리 반 00네 형이야."라고 할 정도였다. 전교생이 다 알고, 부모들끼리도 다 알고 지내니 학교폭력 같은 건 일어나지 않았다. 아이가 심리적으로 편하게 학교를 다닐 수 있다는 게 참 좋았다.

아이가 2학년이 되었을 때는 변이에 변이를 거듭하던 코로나가 감기 정도의 증상으로 내려왔고, 우리나라에서도 위드 코로나를 선언했다. 서서히 모임들이 부활했고, 사람들은 빠르게 일상생활을 회복해갔다.

그 무렵 해안동에 운동모임이 만들어졌다. 아무래도 동네 사는 사람들 위주였다. 마침 운동을 하고 싶었던지라 회원 등록을 하고 매일 저녁 2시간씩 함께 운동을 했다. 작은 동네였던지라 같이 운동하는 사람들도 해안초 학부모, 해안초 졸업생들이었고, 해안동 청년회, 해안동 마을회에 소속된 분들이었다. 그러다 보니 자연스레 마을 일을 거들어주게 되고, 마을 사람들의 경조사에도 함께 참여하게 됐다. 그렇게 해안동 일원으로 들어오니 그동안의 제주 생활과는 비교가 되지 않을 정도로 재미난 생활이 이어졌다. 그동안은 제주의 자연에서 치유를 받았다면 해안동에서는 사람으로부터 치유를 받았다.

아이를 해안초에 보내면서 느꼈던 신기한 점이 있다. 동네 사람들이 초등학교 일에 적극적이란 점이었다. 아침 등하굣길에는 마을회에서 매일같이 깃발을 들고 등교지도를 해주시고, 학교 축제라도 하는 날이면 외부인들 주차 편하게 하라고 동네분들이 인근 공터를 정비해셨다. 아이들이 입학하면 동문회에서 체육복도 선물해 주고, 어린이날이며 작은 선물도 보내줬다. 아이들이 행사 연습을 한다고 하면 기꺼이 마을 회관도 빌려주고, 청년회에서 지원도 해준다. 온 동네가 초등학교를 중심으로 돌아가는 느낌이었다. 궁금해서 마을 회장님께 여쭤보니 말씀을 해주셨다. 사연을 듣고 보니 그럴만했다.

지금 50~60대이신 분들이 학교에 다닐 때, 아이들은 교실에서 공부를 하고, 그분들의 엄마 아빠가 운동장에 쭈그리고 앉아 돌을 골라내고, 나무를 심어 학교를 만들어주셨다고 한다. 엄마 아빠가 만들어준 학교에서 내가 졸업하고, 내 아들딸이 졸업을 했다. 언젠가는 손주들도 이 학교에 다닐 수 있다. 60년이 넘는 세월을 보내는 중에 분교가 되어 폐교의 수순을 밟을 뻔했는데, 그때도 마을 사람들이 모여 교육청을 찾아가고, 의원들을 찾아가고, 모금을 해서 학교를 살렸다고 한다. 아이들은 이렇게 훌륭한 학교를 다니고 있었다. 이야기를 듣는데, 뙤약볕 아래에 쭈구리고 앉아 주름진 손으로 돌을 골라내고 있는 부모님의 사랑이 보이는 것 같아서 눈물이 핑 돌았다.

해안동에선 설 명절 다음날, 마을회관에서 합동 세배를 한다. 동네 어르신들에게 새해 인사를 드리는 것이다. 동네에서는 꽤 큰 행사이다. 타지로 이사가신 분들도 해안동으로 모이는 날이다. 세배를 하고 나면 떡국을 대접한다. 어른을 공경하고, 마을의 미풍양속을 이어나가는 모습이 신기하기도 하고 부럽기도 했다. 이런 게 사람 사는 맛일 건데, 우리는 왜 많은 것들을 놓치고 살아가고 있는지 모르겠다.

소소한 일상에서도 해안동 사람들의 끈끈함은 이어진다. 봄이면 동네분들이랑 새벽부터 고사리 꺾기에 나서고, 여름이면 낚시 다녀온 분들이 한치도 나눠준다. 가을이면 마당 감나무에서 감 따가라고 하시고, 겨울이면 귤 가져가라고 하신다. 음식도 배달이 안되는 중산간 지역이라 한 번씩 돌아가며 집에 초대해 놀기도 한다. 우리 집이 해안동에서도 고지대라 겨울엔 폭설로 고립될 때가 있다. 해안동에 온 첫해엔 아는 사람도 없고 폭설이 5일 내내 이어져 답답하기도 무섭기도 했다. 지금은 폭설이 와도 필요한 거 없냐고 물어봐 주는 동네분들 덕분에 더 이상 외롭지도 무섭지도 않다. 해안동에서 사람끼리의 연결이 얼마나 힘이 되는지 느꼈다.

아이와의 특별한 시간

아이가 생겼다는 사실을 알고 참 기뻤다. 나라는 그릇에 '엄마'라는 역할이 하나 더 들어왔으니 그릇도 크게 키우고 엄마라는 역할도 잘 해보자 생각했었다. 임신기간 동안 집에 있기 심심해서 서울 근교에 당일치기 여행을 다녔었다. 혼자 여기저기 둘러보고 혼자 밥도 먹었는데 전혀 외롭지 않았다. 뱃속에 아이가 주는 든든함이 있었다. 뱃속의 아이에게 말을 걸며 앞으로도 우리 좋은 추억 많이 쌓자고, 좋은 엄마가 되어줄거라고 약속했었다.

그랬던 내가 지독한 육아 우울증으로 근 8년 동안이나 허우적댈지 몰랐다. 컨디션이 좋은 날에도 마음 한구석이 답답했고, 한방병원에서 약도 지어먹고, 상담 센터를 다니면서 수차례 상담을 받았는데도 쉽게 나아지지 않았다. 내가 육아우울증에 힘들어할 때 최대 피해자는 아무래도 아이였다. 머리로는 '그러지 말아야지.' 하면서도 잠깐의 화를 참지 못해 소리를 지르며 혼내기도 했고, 작은 잘못에도 불같이 화를 냈다. 무기력할 땐 이쁜 짓을 해도 웃어주지 못했다. 때때로 기계적으로 밥 먹이고, 대답을 해주고, 씻기기만 했던 것 같다. 그랬던 내가 제주에서 생활하며 마음의 안정을 찾았고, 돌이켜보니 아이에게 상처를 줬던 일이 무척이나 미안하고 안타까웠다. 아이에게 그동안 엄마로서 잘못한 일을 사과하기로 마음먹었다.

인터넷에 검색해 보니 아이에게 사과하는 방법은, 첫째, 미루지 말고 바로 사과할 것. 둘째, 대충 흘리듯이 말하지 말고 "엄마가 너에게 할 말이 있어."라고 말을 꺼낸 뒤 정식으로 사과할 것. 셋째, 사과하는 이유에 대해 설명하고 꼬옥 안아주거나 어깨를 살짝 토닥여주는 등의 비언어적 표현을 같이 해줄 것 정도로 나와있었다. 오랜 기간 동안 육아 우울증을 앓았으니 잘못은 얼마나 많이 했겠는가? 미안하다고 해놓고 비슷한 상황이 되면 또 화를 내서 아이를 혼란하게 하기도 했고, 숨 막히는 분위기를 조성해서 오히려 아이가 나에게 사과하는 일도 있었다. 그렇게 못난 엄마였다. 그래서 아이에게 진심으로 사과를 하고 싶었다.

하교하는 아이를 태워 근처 조용한 카페에 갔다. 내가 좋아하는 바닐라라떼와 아이가 좋아하는 딸기라떼를 주문하고, 달달한 조각 케이크도 하나 샀다. 오랜만에 엄마와의 카페 데이트가 마냥 신난 아이의 이름을 나지막이 불렀다. 그동안 엄마가 너에게 오랫동안 잘못한 점들이 많았던 것 같아서 사과하고 싶다고, 때때로 엄마가 네가 한 행동보다 더 과하게 화를 냈던 것, 니가 놀자고 하면 엄마가 귀찮아했었던 것, 엄마는 기억조차 못 하지만 너에게 상처가 됐을 일들에 대해서도 사과하고 싶다고, 차분한 목소리로 천천히 말했다. 처음엔 '엄마가 갑자기 왜 이러지?' 의아해하던 아이도 자기 기억 속의 상처를 이야기했다. 나는 묵묵히 듣고 난 후 진심을 다해 사과했다.

내 뱃속에 들어온 날부터 지금까지 너는 변함없이 사랑스럽고 소중한 존재인데, 그 표현을 제대로 하지 못했다고, 그동안 엄마가 마음에 병이 있었는데 너랑 아빠가 도와줘서 지금은 많이 나아졌다고. 앞으로도 너와 함께 하며 네가 어른이 되는 모습을 잘 지켜보겠다고, 지금보다 더 나은 엄마의 모습을 보여주겠으니 엄마를 용서해달라고 말했다. 아이는 내가 생각했던 것보다 더 의젓했다. 엄마의 상황을 나름대로 이해하고 오히려 나를 위로했다. 눈물이 글썽여지는데 아이의 한마디에 웃고 말았다. "그래도 우리 엄마 착하네, 나한테 사과도 다 하고. 앞으로 더 잘하면 되지. 고마워." 우리는 둘이 부둥켜안고 한참을 있었다.

사과 데이트 이후에도 종종 아이를 혼낸다. 너무 오래 핸드폰을 하고 있거나, 숙제를 미룬다거나, 이유 없이 학원에 가기 싫다고 한다거나 하는 일들 때문이다. 그럴 때도 최대한 과하지 않게 적절하게 지도하려고 한다. 그동안 나의 방황을 함께해 주고 기다려준 마음 따뜻한 아이이기에 잘할 거라는 믿음이 있다. 그리고 항상 고마운 마음을 갖고 있다.

어라? 나 육아 우울증이 끝났나봐

얼마 전 동네 동생이랑 여러 이야기를 나누다가 "나는 육아가 너무 힘들었다.", "아이가 힘들게 해서가 아니라 육아 우울증이 오래 지속돼서 힘들었다."라는 이야기를 했었다. 동생이 "요즘도 그래요? 만약에 또 우울해지고 그러면 말해요, 알아서 피할게요."라고 우스갯소리로 말했다. "요즘도 그래요?"라는 질문이 계속 머리에 남았다. 요즘도 그런가? 아이 때문에 힘들다던가, 가슴이 답답한 적이 있었나? 계속 생각하다 문득 '나 이제 육아 우울증이 없어졌나 보다.'싶었다.

너무 오랫동안 내 옆에 있었던 육아 우울증이었다. 때때로 출구 없는 터널을 건너는 것처럼 답답하고 무섭기도 했고, 자괴감에 빠진 날엔 바다 절벽을 헤매고 있는 것처럼 숨도 막히고 죽을 것 같았다. 내 한 몸 지탱하기도 힘든데, 내 옆에 작은 생명체를 지켜야 한다는 부담감은 모든 걸 포기하고 싶게 만들기도 했다. 인공호흡이 필요한데 일어나서 달리라고 말하는 것 같았다. '이러면 안 되는데…'란 생각에 머리는 터질 것 같았고, 그럼에도 몸엔 힘이 들어가지 않았다. 죽을 것 같았지만 죽지 않고 버텨내니 육아 우울증이 마침내 끝나있었다.

돌이켜보면 육아 우울증을 통해 나는 참 많이 변했다. 제일 큰 변화는 역시, 사는 지역의 변화였다. 죽을 만큼 답답하지 않았다면 난 아직도 서울에 살고 있을 터였다. 그랬다면 제주에서 자연과 함께 사는 법을 배우지 못했을 거고, 때론 힘을 빼고 살아도 된다는 것도 몰랐을 것이다. 이방인을 품어주는 제주사람들의 깊은 마음을 모르고, 이런 사람 간의 유대가 살아가면서 얼마나 큰 힘이 되는지도 간과하며 살았을 것이다.

육아 우울증이 오래가니 타인을 바라보는 시선도 바뀌었다. 예전에는 누추한 차림의 어른들을 만나면, '저 나이 먹고도 왜 저러고 살까?' 하는 주제넘은 생각을 할 때도 있었다. 그랬던 내가 육아 우울증을 겪어보니 '저 나이까지 살면서 많은 고비들이 있었을 텐데 안 죽고 살고 있는 것만으로도 대단한 일이다.' 란 생각이 들었다. 어르신들을 보는 시각이 바뀌니 버스 문 앞에 새치기하는 할아버지도, 지하철에서 밀고 들어와 냉큼 자리에 앉는 할머니들을 봐도 기꺼이 양보하게 되었다.

임산부나 아이를 데리고 다니는 엄마들을 보면 더 짠했다. 예전에는 다른 사람에게 별 관심도 없었는데, 얼마나 힘들까 싶어서 '뭔가 도움이 필요한 건 없을까?' 살펴보게 됐다. 계단 앞에서 유모차를 대신 들어주기도 하고, 우산을 선뜻 주기도 한다. "힘내세요, 금방 지나갈 거예요."란 말을 해줄 정도의 여유가 생겼다.

그러고 보니 나 역시 아이를 키우면서 많은 도움을 받았다. 당시에는 마음이 힘들어 내 눈에 안 들어왔을 뿐이다. 아이와 둘이 여행을 다니면서 식당을 가면, "애기 엄마 밥 편히 먹어."라며 내 앞에 와서 아이를 안아주던 사장님이 계셨고, 아이와 함께 대중교통을 이용하면 자리를 양보해 주던 많은 분들이 계셨다. 비행기에서 아이가 울어 캐빈에 서서 아이를 달래면 많은 승무원들이 오가며 까꿍 놀이를 해주기도 했고, 아이가 귀엽다며 사탕이나 젤리들을 건네주는 분들도 많았다. 그렇게 많은 사람들의 도움 속에서 아이를 키우고 있었는데 왜 혼자라고 생각했을까? 크고 작은 도움들을 좀 더 빨리 알아차렸더라면 아파한 시간을 좀 줄일 수 있지 않았을까? 나는 온전히 아파할 만큼 아프고, 힘들만큼 힘든 후에야 육아우울증이 끝났다.

제주에서 또 한 번 꿈을 꾼다

내가 아이와 고군분투하고 있을 때, 남편도 자신의 일을 성실히 해냈다. 5~6년간 하루도 안 쉬고 일을 하다, 결국 몸에 무리가 왔는지 손 신경 수술을 하고 재활 차 제주에 왔다. 몇 개월은 푹 쉬라고 했더니 한 달 정도 쉰 후에 제주에도 음식점을 냈다. 천성이 못 노는 사람인가 보다. 그 성실함 덕분에 이만큼 살고 있는지 모른다. 남편도 나름대로 많이 힘들었을 텐데, 티 내지 않고 묵묵히 나의 짜증을 받아주며 일했던 사람이다. 다행히 남편이 열심히 일한 게 성과로도 잘 나타나서 지금은 음식점도 여러 개 운영하고 있고, 창업 전수도 하러 다니는 등 본인의 입지를 잘 다졌다. 요즘은 제주에서 같이 생활을 하며 세 식구가 함께 북적이며 살고 있다.

첫눈에 마음에 들었던 이 해안동 집은 우연찮은 기회로 내 집이 되었다. 내가 이 집에 사는 동안 전 주인이 부도가 나서 이 집이 공매로 나왔던 것이다. 마침 강남에서 부동산을 하시던 아빠, 엄마가 와 계셨을 때라 함께 법원에 가서 서류도 떼보고, 낙찰을 받아도 문제가 없을지 이것저것 알아봐 주셨다. 이 집을 살 돈은 투자용으로 가지고 있던 빌라 매매를 통해 확보했는데, 시기가 적절하게 팔렸다. 그리고 마침내 우리는 이 집을 낙찰받았다. 이 집은 처음 본 순간부터 이미 내 집이 될 준비를 하고 있었나? 싶을 정도로 모든 시기가 적절하게 이뤄졌다. 그렇게 우리에게 제주의 보금자리, 세컨하우스가 생겼다.

육아 우울증을 끝내고 내 인생에 새로운 희망이 생긴 건 아이 덕분이다. 멈춰있다고 생각했던 시간 동안에도, 아이는 하루가 다르게 자라고 있었다. 아이를 보고 있으면 내가 멈춰있었던 게 아니었구나 싶어 다행이란 생각이 든다. 매일 밤 울면서 잠들었던 그날에도 아이를 위해 책을 읽어주었고, 하루가 무너졌던 날 다음엔 조금이라도 더 나은 엄마가 되고자 노력했었던 많은 날들이 헛되지 않았음을 아이가 보여주었다. 감정 균형을 맞추지 못해 자꾸 넘어지고 힘들어했지만 그렇게 천천히 전진하고 있었다는 걸 아이를 보며 알게 됐다. 열 살 나이에 맞게 아이브와 뉴진스를 좋아하며 내 앞에서 매일 저녁 춤도 춰주고, 글 쓰겠다며 노트북 앞에 앉아있는 나에게 "엄마 파이팅!"이라며 과일도 씻어다 줄 정도로 많이 자랐다. 아이 때문에 힘들다고 생각했었는데, 사실은 아이 덕분에 힘을 내고 있었는지 모른다.

인생사 새옹지마라고 했다. 무기력하고 힘들었던 그 오랜 시간이 내 인생에선 잊혀졌으면 좋겠다고 할 정도로 무의미했는데, 이렇게 육아 우울증을 소재로 책까지 내게 됐으니… 이 정도면 오랫동안 지긋지긋했던 친구를 보내는 훌륭한 마무리가 아닌가 싶다. 지금은 나처럼 육아 우울증으로 고생하고 있을 후배들이 조금 덜 힘들어했으면 하는 마음에 함께 좋은 책을 읽고 서로를 공감할 수 있는 온라인 공간을 만들고 있다. 덜 방황하고 덜 힘들 수 있게 그녀들을 도와주고 싶다.

육아 우울증은 끝났지만 육아는 계속된다. 지금 보니 육아는 아이만 키우는 게 아니었다. 아이를 키우며 나 스스로를 키우는 거라는 걸 이제는 안다.

우리엄마 숙자씨

알츠하이머 엄마의 사랑을 추억하며

박자은

박자은

'톡'하고 가운데 있는 손가락 손톱이 깨져서, 다듬어 놓고 보니 제 모습 같습니다. 검지와 약지 사이에서 불균형한 못난이 손가락 같지만 기다리면 반드시 조화롭게 모양을 내겠지요. 50이 되어서야 작은 도전을 합니다. 높이에 연연하지 않는 사람으로 살면서 마음을 크게 하는 글을 쓰고 싶습니다. 저에겐 자랑하고 싶은 알츠하이머 엄마가 있습니다. 세상에 드러내어 오래 기억하고자 엄마 이야기를 기록했습니다. 엄마 삶의 이야기가 누군가에게 살아내는 작은 힘이 된다면 감사하겠습니다. 그리고 엄마께 선물이 될 것 같습니다.

인스타@jesusloves_jaeun
블로그 날사랑하심 naver.com/janijana

우리엄마 숙자씨

비 오는 날의 파티

흥(興)할 놈

도시락 마술사

억울 하지 않은 누명

하루는 잊고 삶을 남기다

비 오는 날의 파티

"얘들아~ 눈이 왔어!"

새벽예배 다녀와 어느새 도시락 3개를 싸 놓으시곤 언니들과 나를 깨우는 엄마 목소리는 평소보다 생기가 돈다. 미용실 문을 조금 열고 서 있는 엄마의 예쁜 종아리 사이로 길을 하얗게 덮은 앙금 같은 눈이 언 듯 언 듯 보인다.

엄마는 눈이 왔다고 알려주는 것을 좋아하신 것일지도 모른다. 새로운 것을 제일 먼저 발견한 사람이 누군가에게 알려주는 특권을 누리며 작은 희열을 맛보듯. 아니면 눈이 내려 평소와 다른 아침을 맞이한 것이 마냥 좋은, 사춘기 소녀처럼 감정을 그대로 표현한 것이리라. 어느 쪽이든 엄마는 궂은 날씨 탓에 생길 하루 매상 걱정 같은 건 없어 보인다. 비나 눈이 내려 손님이 없는 것을 투덜거리신 적이 내 기억엔 없다.

등굣길, 밟는 걸음마다 찍히는 신발 밑창 모양을 살피기도 하고 일부러 안 밟은 길을 찾아 껑충 걸음을 걸어보면서 재미난 듯 장난하며 걷는다. 그렇게 엄마가 손님처럼 반갑게 맞이하는 눈이 내게도 반가운 것이 되었다.

나는 눈만큼이나 비가 오는 것도 좋아한다. 가끔 일부러 비 맞는 것을 살짝살짝 즐기기도 했다. 비가 오는 하굣길엔 빗속을 뚫고 달리듯 빠르게 집을 향해 걷는다. 비 오는 날만큼은 조심하며 들어가던 평소와는 달리 문을 박차고 소리친다.

"엄마~! 엄마~!"

순간, 빗물 비린내를 넘어 들어오는 코끝에 달콤한 기름 냄새와 함께 한껏 기대했던 바로 그 장면을 마주하고야 만다. 방금 기름에서 나온 노란빛의 튀김이 뜨겁게 뭉개 김을 피워 내는 실루엣을. 이미 아는 맛이라 침샘이 뻐근하게 아파온다.

"어서 와라! 손 씻고 고구마튀김 먹어"

눈이나 비가 오면 사람들은 높은 습도 때문에 머리 스타일이 잘 안 나온다고 미용실을 찾지 않는다. 그런 날이면 엄마는 반드시 우리를 위해 간식거리를 만들어 놓고 기다리셨다. 손님들 차지였던 미용실에서 엄마와 당당하게 있는 것도 좋기만 한데 간식까지 먹을 수가 있었다. 누룽지를 말려 두었다가 튀기기도 했고, 맛탕, 채소 튀김, 다양한 부침개, 그리고 가끔 도넛을 만들어 설탕에 묻혀 놓은 날은 진짜 행복했다. 우리 자매들은 궂은날을 못마땅하게 여긴 적이 없었다. 그리고 좀 터울 져 태어난 두 동생도 자연스럽게 젖어갔다. 엄마가 우리에게 영향을 주었을 것으로 생각한다.

어느새 내 곁엔 그때의 나보다 훨씬 나이가 많은 성인 아들이 있다. 아들이 3살 된 어느 겨울, 밤사이 눈이 내렸다. 한 겨울이라 굳이 창을 열고 밖을 내다보지 않으면 알 수 없게 조용히 쌓여있다. 그럴 때면 남편은 출근하면서 전화를 해 줬다.

"밖에 문 열어봐"

"어! 눈 왔구나!"

잠깐 창문을 열고 밖을 확인한다. 많은 양이 내리진 않았지만 겨울 햇볕이라 하기엔 강한 아침 햇살에 그마저도 녹지 않을까 싶어 보였다. 손에 잡히는 아이 외투를 내복 위에 입히고 모자를 눌러 씌웠다. 아들은 영문을 모르니 눈만 껌뻑였다.

"환희야~ 밖에 눈이 왔어. 우리 구경하러 가자!"

8월에 태어난 아들이 맞이한 첫겨울엔 눈을 보아도 이해할 수 없었지만, 두 번째 겨울은 같이 공유할 수 있지 않을까 하는 설레는 맘에 손이 바빠진다. 대충 신기 편한 신발을 신겨서 한 손으로 번쩍 안고 난간을 잡으며 옥상으로 올라갔다. 이미 햇볕 열기에 눈표면은 수분이 맺혀 호수처럼 반짝거리고 있었다.

"환희야! 이건 눈이야 만져봐 차갑지?"

아이의 손을 보송하게 쌓인 눈 위에 가져다 눌러본다. 처음 보는 낯선 것에 긴장하는 듯했다. 계속 만지고 있자니 차갑다 못해 아픈 듯 손을 털어 낸다. 그 아이가 자라면서 비가 오면 파라솔 펴고 컵라면을 먹거나 차 안으로 가져가 빗소리를 감상하며 먹기도 했다. 어느 여름엔 비옷을 입고 옥상 테라스를 돌며 함께 물총놀이를 할 만큼

비를 즐기는 아이가 되었다.

엄마의 긍정적 삶의 방식은 당신의 손주에게까지 흘러가 좋은 영향을 주었다.

엄마는 비가 와서 하루 수입을 공칠 수 있겠다는 부정적 현실 앞에서 당당하게 좋은 것을 찾아 상황을 바꿔버렸다. 살면서 크고 작은 문제를 고민할 때마다 하늘을 올려다보던 엄마 뒷모습이 말해 주었다. 걱정하지 말라고…….

나도 자녀에게 말하는 뒷모습을 보여주고 싶다.

흥(興)할 놈

언니들과 나와는 달리 막냇동생은 어렸을 때부터 개구쟁이였다. 엄마는 4명의 딸을 끝으로 바라던 아들을 얻었다. 딸만 키우다 아들을 키우니 거칠어질 법도 했다. 하지만 엄마는 마법의 언어로 강풍도 산들바람으로 바꿔버렸다.

어느 무더운 여름날, 방과 후 집으로 들어가려 문을 열자 지나쳐 달려 나가는 빠른 몸놀림에 내 몸이 휘청거렸다. 막내다. 뒤이어 손에 뭔가 긴 것을 들고 흔들며 쫓아 나오는 엄마가 문밖까지 따라가지 못하고 멈춰 서서 큰 소리를 내셨다.

"저 흥 할 놈이……."

이미 보이지 않는 8살 막내가 신발 없이 나갔다는 걸 잠시 뒤에 알았다. 분명 하지 말라는 행동을 했다가 훈육하는 과정에 말로는 안 되겠다 싶으셨던 모양이다.

엄마는 화를 잘 내지 않고 잠시 침묵하며 참을 때가 많았고 5명의 자식을 일일이 훈육하지 못할 땐 '흥 할 놈'이라는 말로 혼을 냈었다. 엄마가 화났다고 알 수 있는 건 그 '흥 할 놈'이라는 표현을 들었을 때였다. 그 말을 지금은 목사가 된 막내가 가장 많이 들으며 자랐다.

한 번은 궁금해서 내가 물었다.

"엄마! 흥할 놈이 무슨 말이야?"
"흥(興)할 사람이라는 뜻이야."
"그니까 흥할 사람이 무슨 뜻이냐고?"
"응~ 망하지 말고 흥(興)해라 잘 되라는 뜻이야."

그때까지 그 말뜻이 어떤 욕 중의 하나일 것이라고 짐작했던 6학년의 어린 나는 표현하기 어려운 감정의 소용돌이가 일었었다. 자식에게 말로라도 돌을 던지지 않으려고 흔히 옛사람들이 하는 '빌어먹을 놈' '망할 놈' 하며 저주하지 않고 '흥할 놈'이라 외쳐 주셨던 것이다.

언젠가 읽었던 책 내용 중 한 대목이 생각난다. 기대에 못 미쳐 받아온 자식의 성적표를 보고 화가 난 어떤 엄마가 돌아 나가는 아이 뒤통수에 대고 "나가 뒈질 녀석"이라고 욕을 했다. 마침 아이가 계단에서 발을 헛디뎌 굴러떨어졌고 반신불수가 됐다는 내용이었다. 말의 힘에 대한 중요성을 강조하던 예화였는데 책 제목도 기억나지 않고 사실 여부도 알 수 없지만 그 이야기는 두고두고 경각심을 주는 기억으로 남아있다.

엄마가 보여준 따뜻한 말과 행동들은 자라면서 보고 배울 수 있는 큰 자산이 되었다.

나도 아이가 아프다고 다가오면 품에 안고 기도부터 해 주었다.

속상할 때 한 5초쯤 참았다. 엄마처럼…….

나쁜 상황이 와도 아이에게 괜찮다고 말해주었다. 엄마처럼…….

부정적 환경에 긍정적 이유를 찾아 감사하게 했다. 엄마처럼…….

엄마는 아버지가 보여 준 삶의 겸손과는 또 다른 지혜들을 보여주셨다. 나는 엄마에게 배운 대로 아이에게 할 수 있었고 앞으로 내 자녀에게 자연스럽게 이어지길 바란다. 나의 자녀와 그의 자녀, 또 그의 자녀들까지 천대에 이르기를 소망하고 기도한다.

그리고 믿는다.

엄마 때문에 엄마처럼 할 수 있다고…….

도시락 마술사

큰 언니가 초등학교 3학년 때부터 막내가 대학 들어가기 전까지 엄마는 무려 22년간 도시락을 쌌다. 큰 언니가 중학생이 되었을 때부터 둘째 언니와 내 것까지 3개를, 야간 수업이 있던 고등학생 때는 4개의 도시락을 쌌다.

엄마는 수도꼭지 하나만 있는 수도가 바닥에 쪼그리고 앉아 음식 재료를 씻었고 부뚜막 한쪽에 도마를 오려 놓고 칼질했다. 좁은 부엌 안에서 심지에 불을 붙여 사용하던 '석유풍로' 하나로 여러 개의 반찬을 순식간에 만들어 냈다. 양은 밥통과 반찬통들을 빈틈없이 펼쳤다가 내용물을 담아 일사불란하게 다시 정열 해 놓는 모습은 마치 마술을 보는 것 같았다. 엄마는 새벽 예배를 다녀와 가족들이 씻는 복잡한 시간이 되기 전에 이 현란한 마술 쇼를 마쳤다.

어느 점심시간, 주변 친구들과 책상 하나에 모여 앉아 저마다 도시락 반찬 뚜껑을 열기 시작한다. 반찬 통이 열리는 쪽으로 살짝 눈동자만 굴리며 내용물을 확인한다.

'선영이는 김치와 콩자반이구나. 콩자반은 별로인데......'

미희의 반찬 통이 열린다.

'오! 소시지다. 소시지!'

그리고 내 도시락 반찬을 열 차례다. 내 반찬을 열려고 하면 친구들은 눈동자만이 아닌 얼굴을 돌려 무슨 반찬인지 확인했다. 내 반찬은 항상 젓가락이 바쁘게 오갔고 많은 양이었지만 제일 먼저 비워질 만큼 인기가 있었다.

엄마는 비싼 재료가 아니어도 맛깔나게 반찬을 만들었다. 제일 맛있는 반찬은 단연 김치 볶음이나 김치찌개였는데 김치 맛이 좋아 신김치로 볶거나 찌개로 끓인 것이 도시락 반찬일 땐 그야말로 미희가 싸 오는 '햄'이 부럽지 않았다. 친구들이 국물까지 밥에 비벼 먹을 정도였다. 엄마가 무쳐 놓으면 단무지조차도 새콤달콤 매콤함의 조화가 고급스러운 맛으로 둔갑했다. 햄은 고사하고 계란, 소시지에 케첩을 올린 미희네 반찬이나 고기류는 먹기 어려웠지만 솜씨 좋은 엄마 덕분에 학창 시절의 점심시간은 기억만으로도 행복한 장면이 넘친다. 방과 후 집에 돌아가 언니와 내가 이구동성으로 반찬 인기가 얼마나 많았는지, 또 맛이 어떻게 좋았는지 평가를 늘어놓으면 엄마의 예쁜 별꽃 보조개가 더 깊이 반짝거렸었다.

15살 한창 먹성 좋던 친구들은 3교시가 끝난 쉬는 시간에 도시락을 까먹기로 했다.

"와! 계란말이다! 계란말이!"

발랄한 정아가 내 반찬을 보고 반사적으로 외쳤다. 얼마 전에 엄마에게 계란 반찬을 먹고 싶다고 보채듯 말했던 기억이 났다. 드디어 나도 계란 반찬을 내놓을 수 있었다. 짧은 쉬는 시간 동안 고픈 배를 채우기에 여념이 없던 젓가락들은 동시다발로 공격해 들어왔다. 그리곤 더 이상 젓가락이 오지 않았다. 나는 금세 그 이유를 알았다. 내가 먹어봐도 계란말이가 아니었기 때문이다. 계란말이 모습이었지만 밀가루부침개를 말아놓은 다른 반찬이었다. 식사를 마쳤을 땐, 반 이상 휴지 쪼가리처럼 구겨져 남겨졌다. 도시락 반찬 맛집이었던 우리 집 반찬이 이럴 수가……. 반찬 뚜껑 닫는 손에 괜한 힘을 준다.

집에 돌아오자마자 큰 소리 나게 도시락을 꺼내 놓으며 쏘아붙였다.

"엄마! 계란말이가 이상해! 무슨 부침개도 아니고 맛도 없고……."

"아 계란이 좀 적게 들어가서 그랬나 봐"

"그거 애들도 안 먹어서 남았어."

"……."

결혼하고 계란말이를 직접 해 본 후에야 도톰하게 계란말이 한 덩이를 하려면 적어도 6~7개의 계란이 필요하다는 걸 알았다. 그때 당시에 계란프라이도 먹어보기 힘들었던 우리 집에서는 엄두도 못 내는 것이었기에 양을 늘리려 밀가루를 섞었던 엄마 속도 모르고 생채기를 내고야 만 것이다.

그리고 며칠 뒤, 도시락밥 뚜껑을 열자, 밥 위에 계란 프라이 하나가 올려져 있었다. 하얀 쌀밥이 드레스를 입은 듯 예쁘게도 보였지만 순간 곤란해졌다. 밥 위에 얹어져 있으니까, 밥이랑 먹으면 되는지 반찬으로 내놔야 하는지 결정하기가 어려웠다. 이미 친구들 눈에 띄었기에 마지못해 밥통 뚜껑을 그릇 삼아 계란프라이를 덜어내고 같이 나누어 먹었다. 그리고 또 엄마에게 투덜댔다.

"엄마! 계란 프라이 친구들과 같이 나눠 먹었어. 혼자 못 먹겠어서……. 애들도 같이 먹으니까 나는 조금밖에 못 먹었어."

시간이 지나 큰 언니가 졸업하고 도시락 두 개를 덜 싸게 된 어느 날, 엄마는 도시락을 가방에 넣는 내게 힘주어 말했다.

"계란프라이 두 개 넣었어. 친구들 하나 줘 그리고 하나는 네 거야"

엄마의 말에 정말이지 학교 가는 길이 새롭게 느껴졌다. 친구들과 함께 달그락달그락 도시락 꺼내놓는 소리가 요란하다. 살짝 흥분된 마음은 이미 입안 가득 계란프라이를 오물거리는 상상으로 차 있다.

그런데, 없었다 하나밖에…….

'분명 엄마가 두 개라고 했는데……. 엄마가 착각하고 못 넣으셨나?'

잔뜩 기대한 꿀맛은 침을 삼키자, 쓴맛이 되어 넘어간다.

계란프라이를 반찬으로 내어놓고는 힘없는 숟가락질을 했다. 한 숟갈……. 두 숟갈……. 그런데, 숟가락 끝에 밥 말고 다른 것이 느껴졌다.

'계란 프라이다!'

엄마가 나를 위해 마술을 부린 것 같았다. 밥 밑바닥에 숨겨 놓은 계란프라이를 보자 1등 선물이 적힌 보물찾기 쪽지를 찾은 듯 기분 좋은 웃음이 터졌다. 딸 몫을 위해 엄마가 부린 마술은 계속 퍼 올리는 숟가락질을 즐겁게 했다. 마술사는 많은 관객들 몰래 한 명의 팬에게만 소리 없는 박수갈채를 받는다. 엄마는 밥 밑에 한 개만 넣어도 될 계란프라이를 꼭 두 개씩 싸 주셨는데 그런 날은 인심 좋은 아이도 되고 아쉬운 것 없는 부자도 된 듯했다.

22년간 도시락 싸기가 어찌 쉬웠을까? 자식들에게 최선을 다해 챙겨 먹인 것은 음식만이 아닌 당신의 사랑이었다. 맛나고 풍성한 사랑을 넘치게 먹고 자란 흔적들은 아직도 내 몸 구석구석에서 빛을 발하고 있건만 더 이상 그 공급을 받을 길이 없다.

아픈 엄마가 다시 도시락 마술을 부릴 수만 있다면, 주방에서 마술쇼를 펼치던 현란한 솜씨를 또 볼 수만 있다면, 언제 끝날지 모르는 기립 박수를 한없이 쳐 드릴 수 있을 것만 같다.

억울하지 않은 누명

나는 가끔 누명을 쓰곤 한다. 어릴 때 주인 없는 가게에서 두어 번 과자를 품에 넣었던 적은 있었다. 하지만 지금은 여러 번 지갑의 주인을 찾아주기도 하고 거스름돈이 더 오면 되돌려 주면서 나름 정직하게 살려고 노력한다. 그런데 청소년 아들을 둔 부모가 되었을 즘에 다른 사람도 아닌 엄마에게 알리바이를 증명할 수 없는 누명들을 썼다.

일하는 중에 엄마에게서 전화가 온다. 딸이 바쁘게 일하는 시간임을 분별하지 못하는 엄마는 본인이 답답해지면 전화해서 다짜고짜 묻는다.

"자은아! 너 엄마 집에서 스텐 냄비 가져갔니?"

살짝 높은 톤의 엄마 목소리에 짜증이 섞여 있다. 옆에서 뭔가 설명하는 큰언니 소리와 멀리서 거드는 듯한 아빠의 어조도 간간이 섞여서 들린다.

"아니! 안 가져갔어. 필요하면 말하고 빌려오지 그냥 가져오지는 않지!"

엄마는 여러 번의 해명에도 스텐 냄비를 누군가 가져갔다는 본인 생각에 사로잡혀서 듣지 않는다. 그리곤 범인을 찾아내겠다는 다짐의 말을 끝으로 전화를 끊는다.

얼마 전 둘째 언니도 엄마에게 같은 전화를 받았다고 했다. 둘째 언니와 나는 그나마 따로 살아서 전화로 끝나지만 같이 사는 큰언니와 아빠는 수시로 이런 상황에 놓인다. 그럴 때마다 예민해진 엄마의 흥분을 가라앉히며 진땀을 빼야 했다.

엄마는 본인 생각을 구구절절 말하며 주장하지 않고 잘 참는 사람이었다. 5남매를 키우면서 사춘기 시기에 접어든 자식들 과도 그 흔한 '엄마와 딸의 논쟁'을 피했으며 먼저 져주고 화를 내지 않았다. 사춘기의 예민함과 사회인이 되어 받는 스트레스들을 어쩌다 표출하게 되면 엄마는 자식들이 던지는 감정 쓰레기들을 담을 수밖에 없었다.

엄마가 딱 내 나이 때 상황을 돌이켜 본다. 28세의 혼기 찬 큰딸부터 16세의 질풍노도의 막내아들까지 5명의 자녀를 먹이고 가르쳐야 했고, 교회 사모의 역할을 하느라 돌아볼 일은 끝이 없었을 것이다.

"엄마! 다섯 자식 중에 누가 제일 속 썩였어?"

사실 나를 지목해도 섭섭해하지 않고 사과를 할 참으로 답변을 기다린다.

"너희들은 그렇게 속 썩인 아이가 없었어! 다 착했어."

재차 속상했던 일에 대해 집요하게 물어도 대수롭지 않게 없었다고만 한다. 뜬금없이 물어도 엄마의 답은 한결같았다. 물건이 없어졌고 누군가의 소행이라고 확신하며 화도 내는 기억들 속에 자식 때문에 속상했던 기억이 없다고 한다. 그런 일이 없어서가 아니다. 당신이 죄다 용서해서 남아 있지 않은 것이다. 자식들은 용서 빌지 않았는데 부모가 먼저 용서해 버려서 엄마에게는 없던 일이 돼버린 것이다.

'엄마는 그래도 되는 줄 알았습니다' 하는 어느 시인의 참회 같은 시(時) 한 줄이 읊어진다.

엄마가 지갑을 어디에 두었는지 찾는 일이 잦아지고 돈 관리가 어려워지자, 아버지께서 관리하셨다. 불사용이 서툴게 되었고 지남력도 현저하게 떨어졌다. 기억의 혼선으로 없어진 물건들에 집착하실 땐 설명을 하더라도 어디에 그런 고집이 있었나 싶게 받아들이지 않았다. 자식들이 주고 간 용돈을 누가 가져갔다고 한바탕 난리가 나기도 했다.

치매 증상에 대한 논문 글을 읽다가 평소 돈 걱정을 많이 하면 돈에 집착을 보이기도 한다는 한 줄 설명에 눈이 멈춘다. 엄마가 누군가 가져갔다고 확신하고 집착하는 것들 속엔 물건, 돈, 음식이 있다. 논문 내용으로 판단하자면 물건, 돈, 음식이 엄마의 걱정거리였던 것이다. 돈 없음을 한 번도 입 밖으로 내색하지 않아서 철없을 땐 몰랐고 나중엔 돌아가는 사정으로 눈치만 챘다. 엄마는 치매를 앓는 지금에서야 맘 놓고 속내를 드러내나 보다. 본인 기억엔 있었던 것이 없어져 속이 상하건만, 주변에서는 아니라고 잡아떼기만 하니 얼마나 답답하고 화가 날까.

'울 엄마'라고 쓰인 글자가 뜨면서 또 전화벨이 울린다.

"너! 엄마 한복 가져간 거 가져와라 지난 주일에 빌려 간 거"

한복은 불편해서 결혼식 이후로 입어 본 적이 없지만 누명을 쓰기로 한다.

"아 맞다! 이번 주에 교회 가면서 가져갈게"

"꼭 가져와라!"

더 길어지고 역정날지 모를 대화가 간단히 끝났다. 엄마는 이 대화를 잊을 것이다. 고맙게도 내가 가져가기로 한 것이 기억나서 다그치면 또 누명을 쓰면 될 일이다. 내가 잠시 엄마 기억으로 가서 엄마 마음이 편하다면 나는 절대 억울하지 않다.

숱한 상처를 잊어준 엄마에게 고마운 마음을 이렇게라도 갚고 싶을 뿐이다.

하루는 잊고 삶을 남기다.

엄마는 단계적으로 치매 증상을 보이면서 조금씩 악화가 되어갔다. 점차 시, 공간의 개념이 없어지고 용변 뒤 처리가 둔감해졌다. 순간 순간의 소통은 되지만 하루가 지나면 전날의 일은 잊어버렸다. 그리고 알츠하이머병 진단을 받게 되었다.

엄마도 치매 중증 시어머니를 모셨던 시기가 있었다. 할머니께서는 새벽에 안 주무시고 돌아다니시거나 수시로 집 밖으로 나가셔서 부모님은 항상 긴장할 수밖에 없었고 반나절 만에 경찰을 동원해서 찾기도 했다. 그럴 때면 엄마는 다리가 풀려 얼굴빛이 하얗게 됐다. 할머니께서 식사를 안 하시자 엄마가 음식을 떠서 억지로 먹이시려 할머니와 옥신각신한 기억도 난다. 곡기를 끊으시면 돌아가신다고 하면서…….

엄마가 보살피는 할머니는 항상 깨끗하고 고우셨다. 은색 머리카락이 멋스럽고 꽃무늬 블라우스가 하늘거렸다. 엄마가 할머니에게 하듯 손주들인 우리 형제들도 할머니에게 정중할 수 있었다. 본인이 누군지도 모르는 큰 아기 같은 할머니는 요양원에 가시기 전까지 엄마 곁에서 왕비처럼 대접받았다.

이젠, 엄마도 누군가의 보호가 필요한 사람이 되었다. 항상 아버지나 큰 언니의 동행이 필요했다. 시어머니를 '엄마'라 부르면서 많이 사랑하신 착한 엄마에게 왜 이런 일이 생겼는지 안타깝기도 했다. 치매 시어머니를 섬겼던 엄마가 치매를 앓는 것에 어떤 사람들은 부정적 시선으로 고개를 저을지 모른다. 하지만 남은 가족은 더 나쁜 환경에서도 이겨낸 엄마처럼 함께 이겨내고 있다.

엄마는 자식들을 앉혀놓고 최선을 다하고 감사하면서 사랑하라고 말로 가르치시지는 않았다. 살아 내신 것을 보여주었고 자식들은 보고 배웠다. 지금은 큰언니 옆에서 엄마도 왕비처럼 돌봄 받고 있다. 가끔 억울한 누명을 씌우고 고집을 부리는 철없는 아이 같은 엄마가 언니 손끝에서 빛이 난다.

"엄마! 손주가 10명이나 되는데 누가 제일 보고 싶어?"

"응…… 아빠!"

엄마가 가장 좋아하는 사람은 아버지다. 간식을 먹을 때도 먼저 아버지를 찾아 챙긴다. 본인도 챙김을 받으면서 연신 아버지를 섬긴다. 목회자의 아내로 가장 많은 시선을 둔 것이 아버지였기 때문이다.

예배 후, 식사를 마치고 서툴게 커피 몇 잔을 타서 교회 성도들에게 가져다주기도 한다. 해 왔던 일은 몸이 기억한다. 알츠하이머병에 혈관성치매를 앓지만, 엄마가 살아온 삶이 결국 엄마를 살게 하는 원동력이 되고 있다.

엄마는 큰언니가 챙겨주는 식사를 참 맛있게 드신다. 언니는 다양한 요리법으로 영양가 있게 음식을 만든다. 먹는 순간만큼은 어린아이처럼 행복해하지만, 다음 날 뭘 먹었는지는 잊는다. 순간들을 모아 하루를 살고 그 하루는 잊는다. 어쩌면 하루하루를 하나님께 맡기며 살았던 예전처럼 여전히 맡기고 있는 것일지도 모른다.

그런 엄마 모습은 "순간순간을 맡기면 결국은 살아내게 된단다. 그러니까 힘내"라고 말하는 것 같다. 하루는 잊어도 당신만의 삶을 계속 살아내고 있다.

내가 묻는다.

"숙자 씨! 행복해?"

"그럼 행복하지!"

엄마 얼굴에 별꽃 보조개가 핀다.

화려한 은퇴기

혜랑

혜랑

진취적인 사고로 배움과 끊임없이 도전하기를 좋아하는 사람입니다.
은퇴를 앞두고 짧은 시간 동안에 마음에 일었던 대환장 스토리를
많이 다듬어진 솜씨는 아니나 읽으며 공감되는 부분이 있었으면 좋겠다
라고 생각하며 기록으로 남겨 보고자 글을 쓰게 되었습니다.

화려한 은퇴기

내게 온 시간을 알게 되다

이른 봄날.

여느 때와 마찬가지로 한가로이 차를 마신다. 무엇을 하면 무료하지 않고 시간을 낭비했다는 낭패감이 없을까 나른해오는 몸을 의자에 기대앉아 피어오르는 아지랑이를 게슴츠레 바라보다 문득 내 나이가 몇이더라 하면서 상념에 젖어가던 순간,
'어머나 퇴직이 얼마 남지 않았잖아'하며 황급히 자세를 바꿔 앉았다.

먼 훗날에나 다가올 일이라고 생각했던 일이 바로 코앞에 다다라 있음을 알고는 조금 전의 나른함은 어디로 팽개쳤는지 용수철 같이 나의 몸이 튀어 올랐다.

'이렇게 여유작작할 때가 아니었었네!'라며 가슴속이 요동치기 시작했다. 준비된 건 하나도 없는데 내가 일손을 놔야만 하다니 난 아직도 젊고 에너지는 누구보다 활기찬데 할 일과 소속이 없어진 다니 도무지 왜 이런 순간이 와야 하는 거지? 정리되지 않는 머릿속이 하얗게 되면서 차 맛을 느낄 수 없게 되었다.

나란히 목적지를 향해 평화롭게 줄지어 가던 개미 떼가 어떤 위험상황에 맞닥뜨리면 우왕좌왕 흩어지듯이 내 머릿속은 정리할 수 없는 지경에 이르렀다. 나의 현실을 직시하고 나니 요동쳐 오는 가슴은 쉽게 진정되지 않았다.

인지하고는 있었지만 앞만 바라보고 달려왔던 나에게 어쩌면 퇴직이란 오지 않을 일일 수도 있을 거로 생각해 왔을지도 모르겠다. 문득 깨닫게 된 퇴직이라는 단어는 나에게 너무나 큰 상실의 무게로 다가왔다.

'그동안 너무 열심히 일해왔으니 쉴 때도 되었지!'라며 나를 다독여 봤지만 쉽게 다스려지지 않는 마음은 내 속이지만 남의 속 들여다보듯 알 수 없는 감정이 휘몰아쳐 왔다. 난 아직 너무나 젊은데 이루고 싶은 일들이 산적해 있는데 내가 일에서 손을 놔야 한다니, 받아들이기 어려운 과제였다.

속도감 있게 다가오는 퇴직은 나를 옥죄여 와 잠을 잘 수가 없고 심장이 마구 뛰어 숨조차 쉴 수가 없게 되어버린 나는 아무리 애써도 변덕으로 일상은 도무지 종잡을 상태로 바꿔놓게 되었다.

퇴직이 뭐기에라고 말할 수도 있겠지만 삼십여 년을 일해온 곳에서 떠난다는 것이 아마도 내려놓기에 쉽지 않은 마음이 들었던지 쉽사리 안정되지 않았다.

내가 어느새 이렇게 나이를 많이 먹었단 말인가. 난 너무나 젊은데 나에게 더 이상 일을 하지 말라니, 그게 말이 되는 것일까…….

문득 먼저 퇴직을 앞둔 선배님들이 어떤 현명한 대처를 하셨을까 궁금해져 물어봤다

"심정이 어떻셨어요"라고 물으니 처음에 한동안은 불안하고 막막했다가 일을 더하고 싶기도 하고 또 아무 탈 없이 퇴직을 하게 될 수 있을까 하는 걱정도 들다가 지금은 그냥 탈 없이 퇴직하게 되기만 바라게 되더라고 했다.

누구에게나 떠난다는 것, 소속감이 없어진다는 것은 쉽게 지나칠

수 있는 일은 아니고 그 요동치는 과정이 지나고 나면 마음이 안정되어 시간만 지나길 바라게 된다고 하신다.

그렇구나! 모두 그러하구나! 공감되면서도 저들은 이미 많은 것을 준비해 뒀으니 여유롭게 말할 수도 있겠지.라는 생각에 난 더 불안하고 초조해져만 갔다

난 왜 책상 앞의 업무에만 몰두하고 개인적인 것에는 무심했을까…….

왜 이렇게 답답한 생활을 하였을까? 잘난 맛에 기세등등하던 난 어디 가고 남루한 누더기를 걸친 것 같은 사람 하나 덩그러니 앉아있는 것일까? 왜 이렇게 준비 없는 생활 하였을까 후회막심이었다. 마음은 벌집 앞에 모여든 꿀벌들이 왕왕거리며 웅성대는 상태에 있었지만 그 속에서도 차분히 생각을 해보는 게 최선책이라는 결론을 내렸다.

나의 재정 상태를 우선 체크해 봤다. 얼마 안 되는 자산에 나의 미래는 흙빛이 되었지만 서서히 지금과는 전혀 다른 새로운 미래를 그려보려 애썼다. 무엇을 원하고 있는지, 나는 무엇을 하고 싶어 했는지 내가 좋아하는 일이 무엇인지 난 어떤 재능을 가졌는지 그리고 이 과정이 지나고 나면 나에게 무엇이 남는지 또 무엇을 남기고 싶으며 그것을 위해 무엇을 해야 하는지 정리하는 시간이 주어졌다.

그간의 시간은 고통만 있었던 것이 아니고 새로운 방향을 제시하는 하나의 통로였으며 잠시 멈추어 생각하라는 적색 신호등 같은 것이었다.

점을 찍는 시간

같은 사무실은 아니지만 직장 동료 중에 가까이 지내는 한 분이 계셨다. 난 자주 그분에게 많은 것들을 의논해 왔는데 조용히 듣기만 하던 그분은 늘 마치 백과사전인 듯, 상담사인 듯 나의 마음을 통찰하여 명쾌한 답을 내려주곤 하셨는데 난 그분의 그런 점이 매우 닮고 싶어지고 그처럼 나도 선한 영향을 주는 사람이 되고 싶어졌다. 어찌하면 나도 남들에게 저런 모습을 보여줄 수 있을까 하는 마음을 갖고 그분을 살펴보니 늘 책을 가까이하고 계셨다. 그제야 눈에 들어오는 그분의 책상 한편에는 사람의 키만큼 싸여 있는 책들에 난 놀라움을 금치 못했다. 저렇게 독서량이 많아 통찰력 또한 컸었구나.

그분께 읽고 있는 책을 내가 봐도 되겠느냐고 부탁을 드렸더니 처음엔 좀 꺼리는 듯하셔서, 책 제목이라도 알려주시면 구입해 읽어보겠노라. 말씀드리니 '내가 읽은 것은 모두 낙서투성이고 지저분해서 읽기가 어려울 텐데요'라고 하시며 난 다 봤으니 읽고 돌려주지 않아도 돼요 라며 읽던 책을 손에 쥐어 주셨다. 처음 접하는 그의 책은 너무나 어려웠다.

어느 정치인의 이야기였는데 평소 무관심했던 분야였으며 자신의 정치철학을 써놨던 부분을 읽는데 어렵기만 하고 페이지를 넘기기 힘들 정도가 되었다. 덮으려는 순간마다 이분이 읽던 책들을 보면 나도 저렇게 선한 영향을 주는 사람이 될 수가 있을 거야 라며 처음 먹었던 마음을 상기하고 계속 읽어 내려갔다.

페이지를 넘길수록 정말 줄 친 부분이 너무나 많았다. 그 부분만 읽어도 그분이 어떤 성향인지 그분의 철학은 무엇인지 알 수 있을 정도로 도움이 컸고 그렇게 해서 얻어진 결과는 그분과의 소통이 더욱 잘되게 하였으며 상호 간에 점점 깊은 신뢰감이 쌓여가는 관계로 발전하였다. 그런 계기로 나도 책을 접하게 되었는데 그때 왜 그 책을 선택하게 되었는지는 기억이 나지 않지만 엘리자베스 퀴블러 로스의 '인생 수업'을 도서관에서 대여했다.

죽음을 앞둔 뒤 인생을 더 분명하게 들여다볼 수 있게 된 먼저 사는 사람들의 이야기는 나에게 인생의 전반적인 것을 생각하게 하면서 눈물을 쏟아내게 하고 많은 부분에 밑줄을 긋게 만들었다.

도서관에 반납하려고 보니 책 이곳저곳이 나의 흔적들로 가득해서 도저히 반납을 할 수 없는 상태가 되어있었고 또 그렇게 감명 깊게 읽었던 내 손때로 물들인 책을 도서관으로 떠나보내기가 너무나 아쉬워 도서관 사서에게 문의해서 새 책을 구입해 반납하게 되었다.

그 이후에도 여러 책들을 대여해 읽으면서 나도 모르게 밑줄을 긋고 두꺼운 책들을 계속 넘기다 보니 파손이 되어 여러 차례 도서관에 새 책들을 구입해서 반납을 하여야 되는 일이 발생하였다.

사람들은 "아깝지 않느냐 조심해서 읽지 그랬어"라고들 하였지만 난 전혀 아깝지 않았고 오히려 그런 순간들이 나에게 더 큰 기쁨이 되었고 출근길에 책을 반납하고 퇴근길에는 다른 책들을 대여하면서 읽는 재미에 푹 빠져들었다.

책들은 나에게 많은 영향을 끼쳤다. 인생의 지혜와 간접경험을 쌓는 데 큰 도움이 되었고 상대방을 이해하는데도 폭이 넓어졌음을 알게 되어 변화된 모습에 스스로 만족감이 높아져 갔다. 또 이런 상황은 나를 자격증에까지 도전하고 싶어 지게도 했다. 이것이 도화선이 되었을까?

 난 계속 책과 함께 했다. 남편은 이런 나의 모습에 많이 변했다고 하면서 응원을 해주어 더 힘이 났다. 그동안에는 읽기에만 전념했었다면 어느 시점부터는 필사도 해보고 강의도 들으면서 취미의 영역을 넓혀 가기 시작했는데 취미를 넘어 어릴 적 누군가를 가르치는 사람이 되고 싶었던 꿈이 떠오르고 점점 나도 책과 관련한 일들을 해보고 싶은 마음이 강렬해졌다.

 그래서 강의를 들으면서 책에 대한 토론을 하고 또 틈틈이 강사님들의 수업 방식이나 상황대처에 관심을 가지고 지켜보게 되었다. 선생님들은 모두 너무나 훌륭했다. 그들이 갖고 있는 노하우나 지식에 놀라웠고 책에 대하여 어떤 이야기를 하든 강사님은 수용하고 답변하고 다음 주제를 찾아 말문을 열어주셨다.

 혀를 내두를 정도의 지식에 난 어느 정도를 읽어야 저 정도가 될까 하는 의문이 들면서 책은 나에게 흥미를 넘어 미래의 직업으로 생각하고 싶은 마음이 커지게 했다.

 읽게 되는 책들은 마치 나를 초등학생으로 만들어 넌 커서 뭐가 될 거냐는 질문을 던져 주기도 했는데,

 "레오 리오니의 프레드릭"을 읽으면서 어릴 때 읽은 개미와 베짱이가 떠오르기도 했지만 춥고 배고픈 때가 올 때를 대비해 곡식이 될 만한 것을 준비하는 친구들과 달리 주변에 마음의 양식을 주기 위해 상상력으로 여러 가지를 준비하는 프레드릭을 이해하고 포용하는 친구들의 모습을 보면서 나도 프레드릭처럼 내 지인들에게 마음을 풍요롭게 만들어 주는 사람이 되고 싶어지기도 하고 "데이비드 스몰

의 도서관"이라는 그림책을 보면서 나도 주인공처럼 책을 열심히 읽다 보면 책과 함께하는 지인들이 늘어나고 내 집이 우리 마을의 조그만 도서관으로 꾸며질 수도 있지 않을까 하는 막연한 기대로 행복한 글 읽기를 하였다.

"마르크 로제의 그레구아르와 책방 할아버지"를 만났을 때는 나이와 학력, 문화적 배경이 전혀 다른 노인 요양원의 주방에서 일하는 그레구아르와 자신의 모든 것을 정리하고 책 300권만 가지고 요양원에 들어간 비키에 씨, 입소한 요양원에서 둘이 만나 책을 매개로 소통하고 그레구아르를 성장시켜 가는 유쾌하고 감동적인 에피소드들을 읽고는 한동안 책에서 헤어나질 못할 만큼 인상적이었으며 책머리에 있는 빅토르 위고의 "아이들은 교육받으면 누구나 다 인재가 될 수 있다."라는 글은 마치 나에게 주는 교훈처럼 생각되었으며 좋은 책들과의 만남으로 그레구아르처럼 성장해 갔고 책은 나에게 피키에씨와도 같았다.

시작을 향한 나의 발걸음

새로운 삶의 모색으로 생각이 점점 많아지니 몸이 알아서 분주히 움직여 줬다. 일상을 나만을 위해 루틴을 세우고 만들어진 것을 지키기 위해 그동안 내 몸에 스며있던 습관을 버려야만 했다. 오랫동안 몸에 축적된 습관을 버린다는 것은 곱절의 시간을 투자해야 할 만큼 어려운 일이었지만 작은 것부터 실천하여 봤다. 먼저 이른 기상 후 한 시간 정도 책을 읽는 습관을 시도했다.

처음 며칠은 눈을 비비며 겨우 자리에 앉았으나 서서히 알람 없이도 규칙적으로 일어나게 되고 책 읽는 집중도는 높아져 갔다.출근하면 또 분주하게 여러 업무 처리를 하고 지치고 힘들지만, 퇴근 후엔 또다시 조그만 책상에 앉아 강의를 들으면서 나의 부족한 지식을 채우려 노력했다. 그 시간은 힘들다는 생각이 전혀 없었고 나의 이런 생활에 익숙해지며 재미가 더해져 멈출 수가 없었다.

난 코로나가 창궐하던 시간을 꼬박 이렇게 보냈다. 가족들은 나를 위해 나만의 공간을 꾸며 주었다. 마침 비어있던 작은 방을 크기에 맞게 책장과 책상을 짜 맞추고 편안한 의자에 냉난방기까지 별도로 설치를 해주어서 쾌적한 분위기를 만들어 주었으며 내가 서재에 있는 동안에는 누구도 나의 시간을 방해하지 않으려 했다. 가족 모두 나를 이렇게 응원해 주고 있다는 사실에 용기백배하였다. 나중에야 알게 된 사실이지만 '처음엔 며칠 하다 말겠지'라고 생각했는데 지속적인 모습에 남편도 부러웠고, 따라 해보고 싶었지만 자신 없었다고 말했다. 함께 하기를 몇 차례 권했더니 처음엔 자신 없다고 말하다가 남편은 점점 긍정적인 태도로 바뀌어 갔다.

부부가 같은 취미로 함께한다는 것, 또 그 취미가 독서라면 대화도 점점 풍성해져 갈 것이고 일상을 책으로 나눈다는 것이 상상만으로도 즐거워졌다. 남편은 계속할 수 없을 거라며 망설이는 눈치였지만 '생각했을 때 한번 시도해 봐'라며 단숨에 남편의 공간을 따로 해주고 내가 인상 깊었던 몇 권의 책과 필기구를 준비하여 책상에 놓아줬다. 그런데 쭈뼛거리기만 하며 방에 들어가려 하지 않고 아무런 반응을 하지 않았다. 부담스러워하는 것 같아 되묻지도 않고 그대로 두었다. 며칠 후 지나가는 말로 책상에 앉아봤느냐 물었는데 뜻밖의 대답이 왔다.

내가 준비해 준 것들을 다 읽어 봤으며 나도 점점 책과 친숙해지도록 해보겠다고 하는 것이 아닌가 그러나 강요는 하지 말아 달라고. 얼마나 기쁘던지 …….

우리는 그 당시에 책에 대한 이야기를 참 많이 나눴던 기억이 있다. 많은 책이 기억에 남지만 아주 작은 습관의 힘, 사물의 뒷모습, 나무를 심는 사람. 나의 를리외르 아저씨. 등 열거할 수 없을 만큼의 좋은 책들이 있었다. 한 권을 읽고 나면 마치 독후감을 쓰듯 전달자가 되어 내가 느낀 점들을 이야기했으며 이해 안 되는 부분들이 있을 때는 남편의 생각을 물어보곤 했다. 그럴 때마다 적절한 대답을 해주며 좋은 책을 읽었네 하고 용기를 주었다 .

퇴근 후 작은 책상에 쪼그리고 앉아 같은 자세로 서너 시간을 앉아 있다 보니 무릎과 어깨가 몹시 아파왔는데 처음에는 대수롭지 않게 여겼다가 점점 앉고 일어서기가 힘들 정도의 통증으로 병원을 다녔다.

큰 질병은 아니었으나 스트레칭도 안 하고 반복되는 긴장감과 같은 자세로 하루종일 지내다 보니 몸에 일시적으로 무리가 온 거 같다고 해서 물리치료를 받기 시작했다.

치료기간은 생각보다 오래 걸렸고 루틴을 깨지 않기 위해 자리에 잘 앉아있는 것도 좋지만 스트레칭과 적당한 운동이 매우 중요한 일인 것을 새삼 깨닫는 계기가 되었다.

그것을 계기로 운동을 시작했다. 매일은 아니었지만 시간을 만들어 꾸준히 운동을 하며 치료와 병행하니 체력도 좋아지고 피곤함도 덜했다. 난 신체의 노화로 회복도 점점 늦고 피로도 많이 쌓여 의사나 지인들 모두가 쉬어야만 한다는 말들을 했지만 난 내 생각을 접지 않고 여러 가지 일들에 정진했는데 그것은 무엇이 되겠다는 것보다 내가 무엇을 좋아하는지 찾아가는 과정의 연속이었다. 이 루틴은 여행 중에도 이어졌는데 한 번은 제법 먼 곳인 여수를 2박 3일 일정으로 친구들과 가게 되었다.

온종일 이곳저곳 관광하다가 숙소에 들어와서 나머지 수다를 해야 하는데 나 먼저 잠이 들어 버리곤 하니 친구들이 서운해하는 듯했지만, 오랜 친구들은 나의 행동을 이해해주었다. 그러면서도 한편으로 걱정이 되는지 친구들은 꼭 그렇게까지 해야 하는 거냐면서 걱정스러운 말들을 했지만 내가 정해놓은 틀을 깨기 싫고 한 번 두 번 이런저런 일들로 거르다가 생각이 흐트러지는 게 싫어서 언제 어디서나 잊지 않고 루틴대로 움직였다. 다만 이른 새벽에 일어나 불을 켜고 책을 들여다보아야 한다는 것이 갱년기로 새벽녘에야 곤히 잠드는 친구들에게 미안했지만 다행스럽게도 모두 이해해 주는 눈치여서 고마웠다. 나로 인해 친구들이 피곤했을 수 있는데 아무도 뭐라지 않았으며 대신에 난 안전운전을 도맡아 해 주었다.

내가 새벽에 일어나 책 읽는다고 불을 켜는 바람에 애정 어린 토닥거림도 있었지만 마지막엔 다음 스케줄 짜기에 여념 없었고 자기가 읽었던 책들에 대해 논하고자 할 때 더욱 신이 났다. 좋은 친구들 덕분에 여행은 즐겁고 우정은 더 돈독해지었다.

그렇게 파고들었다. 오랫동안 준비한 사람들에 비하면 찰나에 가까운 짧은 시간이었을지 모르겠지만 남은 시간은 내가 좋아하는 일들로 생활을 하고 싶어졌다.

어릴 적 꿈과 함께. 하루를 일찍 시작한다는 것이 처음엔 결코 쉽지 않았지만 새롭게 배우는 것들이 무척 흥미로워 빠져들기에 충분했다. 난 누군가 가르치는 일을 하고 싶어 했었는데 꿈과 달리 전혀 다른 길을 걷게 되었었다. 어쩌면 은퇴가 새로운 기회가 될 수 있다. 이제 내가 진정하고자 했던 일을 하기 위해 공부할 수 있는 시간이다. 미래를 위해 지금 시간과 에너지를 투자하면 좋지 않겠냐는 생각을 떠올리면서 책을 가까이하고 꾸준히 여러 강의를 들으며 자격증에 도전해 보기로 하였다.

독서지도사가 있다는 걸 알고 시작해 봤는데 무척 흥미로웠지만 짧은 시간에 전래동화를 읽고 요약하고 시까지 써야 하는 숙제가 많았다. 시간을 투자한 만큼 자격증을 따는 데 성공했고, 하나씩 자격증을 취득할 때마다 끊임없는 노력과 시간이 필요했다. 미래를 준비하는 것은 결코 만만치 않은 일이었지만 하나씩 배워갈 때마다 보람이 큰 보상이 되어 주었다.

당시에 썼던 시를 한 편 소개해 보고 싶다.

'복사꽃'

복사가 어찌나 꽃피었던지

분홍 우산 무더기를 만들어 버린

마을 속속들이 향기로 파고들어

잠자리 날갯짓처럼 살그머니

내려앉고

볕 좋은 봄

분홍 꽃그늘 아래 볼빛이 닮아간다

내가 가장 좋아하는 꽃을 주제로 시를 써봤었는데 봄날 퇴근길에 햇볕 사이로 보이는 흐드러진 복사꽃에 취해 한 번씩 읽어보면 기분이 좋아지곤 한다. 그러다 그림책 지도자 과정을 또 공부하게 되었는데 그림책은 글 위주의 책과는 다른 느낌을 주었다. 글보다 그림으로 내용을 봐야 하고 그림에서 많은 것들을 읽어내는 일은 볼수록 다양한 각도로 읽어지고 책 속에 또 다른 세상이 있음에 놀라웠고 접할수록 내가 해낼 수 있을까 하는 의구심이 들면서 또 무리한 욕심을 낸 것은 아닌가 고민도 되었다. 이제 조금 읽기 시작하였을 뿐인데 지인들의 도움을 얻어 유치 원아들에게 그림책을 읽어줄 기회를 얻었다. 구연동화를 배운 것은 아니었지만 내가 하고자 하는 것들을 어떻게 펼치게 될지 이런 기회를 통해서 나의 역량을 키워가고 싶어 졌기 때문이다. 유치원 아들이지만 책 이야기를 전달한다는 것은 녹녹지 않은 일이었다.

쏟아지는 질문 세례와 아이들 반응에 내가 더 신이 나고 즐거웠는데 한편으로는 더 많은 공부로 다듬어져야 하고 또 이런 적은 지식으로 아이들 앞에 섰다는 것에 미안함도 있으면서 갈 길이 멀었음을 깨닫게 되는 날이기도 했다. 그러나 어디 첫술에 배부르랴. 선생님의 배려로 나에게 월 2회 아이들에게 그림책 읽어주는 시간이 만들어졌다.

어떤 책을 아이들에게 읽어줘야 할지 책 선정부터 아이들의 눈높이를 맞추는 일은 설레기도 했지만 도전이라는 커다란 계기가 되어주었다. 내가 좋아하는 책을 읽어줄 것이 아니고 아이들이 흥미를 느낄만한 것들을 찾아내는 것도 필요함을 알게 되었으며 아이들의 호기심 가득한 눈빛이며 언제 또 어떤 책을 읽어줄 것이냐며 매달리는 모습은 내겐 오랫동안 잊지 못할 참 좋은 경험이었다.

코로나가 장기화하면서 사람들과의 접촉은 여전히 두려움을 안겨주었고 심지어는 음식 주문조차 대면이 아닌 기계를 통해 주문을 해야 하는 현실이 왔다. 어느 분이 키오스크를 다루지 못해 주문을 못하여 끝내 먹고 싶은 햄버거를 사지 못하고 돌아왔다는 소식을 접하고는 안타까웠는데 그때 마침 나는 디지털에 관한 공부를 시작하고 있을 때였다.

손안에 컴퓨터라고 불릴 정도로 하루가 다르게 발전된 핸드폰을 사용하게 되고 사양이 좋은 핸드폰을 통화·문자·카카오톡·사진 찍기가 사용의 대부분이라는 점을 알고는 스마트 기기의 전달자는 미래에 희망적인 직업이 될 수 있겠다는 생각이 들어 언제 어떤 방식으로 쓰임을 하게 될지는 모르겠으나 디지털 튜터 자격증까지 취득하기에 이르렀다.

나는 계속 새로운 것을 배우기 위해 점점 더 공부에 몰두하기 시작했다. 내게 주어진 시간은 짧고 내가 할 수 있는 것이 과연 무엇인지 갈피를 못 잡고 고민하고 있을 때 안타까운 마음에 가족들은 그동안 열심히 일했으니 쉬면서 천천히 생각하라고 했다.

내가 집안에서 편히 쉬어야 할 만큼 나이 먹지 않았고 쉬다 보면 편안함에 안주하려 할 테고 그러면 시작하기가 더 어려워진다고 난 말했다. 이제는 70세 이후까지도 할 수 있는 일을 만들어 놔야 함을 계속 강조했다. 그것은 과연 나만의 억지였을까 ?

나의 우울함을 보듬는 가족들

시간은 손가락 사이로 물이 미끄러워 흘러내리듯 쉼 없이 지나갔다. 이제 어느 정도 안정을 찾으며 남은 시간을 어떻게 배분해 나갈지 계획을 세우며 하루하루를 보낼 즈음, 함께 있던 직원의 퇴사로 신규 직원과 함께 일하게 되었다.

함께 해왔던 직원에게 내 욕심으로 '몇 달만 더 함께 있어 주면 안 될까'라고 말하고도 싶었지만 나 편해지자고 젊은 친구의 앞길을 막기에는 너무나 큰 염치없는 행동이었기에 신규직원을 받아들였다. 함께 업무를 시작한 지 며칠 되지 않는 어느 날 아침 출근하자마자 좋은 사업 아이템을 찾았고 이 일은 나와 안 맞는다면서 퇴직을 고하며 작별 인사 나눌 시간도 주지 않고 떠나버렸다. 사람을 이렇게 어안이 벙벙하게 만들다니 빨리 업무에 적응하여 나에게 힘이 되어 주기를 바라면서 얼마 남지 않은 시간을 마무리 시간으로 보내려 했는데. 설상가상으로 충원도 안된다는 말도 안 되는 상황을 맞이하게 되고 나니 내가 무슨 잘못을 했기에 이런 일까지 일어나는가 하는 생각에 빠져 모든 것이 무너져 내리는 것을 느꼈다.

사람들은 내 잘못이 아니니 너무 깊이 생각하지 말라고들 했지만, 난 자책감에서 벗어나질 못해 감정은 계속 동굴 속으로 파고들어 가기만 하였다 그때 선배님의 "무사히 퇴직하게 되기만을 바란다"라던 한마디가 생각났다. 그 말의 의미가 이런 것이었나. 이런 어처구니없는 일이 일어날 수도 있었다니 망연자실이란 말을 이럴 때 하는 말이구나.원망하고 있을 여유조차 없었다.

서너 명이 일을 해도 인력이 부족한데 난 동료와 단둘이서 쫓기듯 일처리를 해 나갈 수밖에 없었다. 산적한 일을 시간 내에 처리해야만 하는 일은 늘 급박하게 돌아가고 있고 마음의 여유라고는 찾아볼 수 없게 되면서 조급한 마음에 쉬지 않고 달려가느라 주변을 돌아보지 못한 것이 화근이 되었는지 많은 사람과 생각지 않은 반목이 점점 많아졌다. 난 발을 동동 굴러봤지만 이미 벌어진 일들은 속수무책이었고 오해는 깊은 우물처럼 헤아릴 길이 없고 대화로 풀고자 시도했으나 모든 잘못이 나에게로 돌려져 쉽지 않은 상황이 되었는데 그것은 여지없이 마음의 병으로 다가왔다.

마무리를 잘 해내야 한다는 강박과 쌓여가는 스트레스에 여유로움은 찾아볼 수 없고 10분 이상 잠들지 못하는 상태로 심신이 무척 힘들었지만, 그런 것들을 누구와도 나누지 못하다가 통증이 심해져 난 끝내 상담을 받기 시작했다. 처방된 약은 순간적인 통증을 완화해 주는 힘은 있었으나 약에만 의존하고 싶지는 않았다. 그 밖의 문제들은 나 스스로 이겨내야 하는 것인데 어떻게 하면 좋을까?

난 근본적인 문제를 해결하지 않고는 이 상황을 이겨낼 수 없다는 판단 아래 여러 방향으로 오해를 풀고자 했으나 오해는 쉽고 이해는 어렵다는 말만 가슴 깊이 남기에 되고 시간이 약이니 기다려 보라는 그런 말로 위안으로 삼기에는 난 지쳐만 갔다.

퇴근하는 남편에게 "내가 요즘 너무 힘들었었나 봐 처방받은 약도 들지 않을 정도네"라고 말했다. 무던한 성격인 남편의 얼굴에서 놀라움을 감추려는 기색이 역력했다. 그날 우리는 많은 대화를 했다. 진심으로 들어주던 남편은 충격이 컸던지 한동안 말을 잇지 못했다. 그 정도인 줄 몰랐다. 내가 더 신경을 써줬어야 하는데 라며 모든 것을 자신의 탓으로 돌리며 미안해하는 모습에 참아왔던 눈물이 한없이 쏟아져 내렸다. 우리는 평소보다 더 많이 대화하고 마음을 나눠 갖다 손가락 하나 까딱할 수 없을 정도로 힘겨웠던 어느 날 평소보다 일찍 퇴근한 남편은 잠시 같이 다녀오자며 나를 일으키려 하였다 "난 지금 눈을 뜰 힘도 없어서 어렵겠어"라고 했더니 며칠 전부터 출퇴근길에 보아둔 곳이 있는데 단풍이 가장 이쁠 때 나를 데려가 주고 싶어서 오늘 일찍 퇴근한 것이라며 오늘 꼭 보러 가야만 한다는 것이었다.

"멀지 않은 곳이야 잠시 가서 보고 나면 기분이 꼭 나아질 거야"라며 나와 함께 가기를 간절히 원하고 있었다. 난 남편의 부축으로 겨우 일어나 보여주고 싶다는 곳에 갔는데 정말 입이 떡 벌어질 정도였다. 우리가 자주 다니던 곳이기도 했었는데 꼭 보여주고 싶었었다더니 정말 아름다웠다

그곳은 봄에는 벚꽃 터널로, 벚꽃이 질 무렵이면 홍매화로 눈을 즐겁게 해주는 곳이었고 단풍 또한 이리 고운지 몰랐었다. 남편의 속 깊은 배려에 감동할 무렵 '아직 끝나지 않았어'라고 하면서 미리 준비해 둔 장소로 나를 데려갔다.

그곳엔 인생 최고의 순간 일에 지쳐있음을 깨닫고 일 년간 안식년을 하며 캠핑으로 전국을 여행하고 있던 친구 부부가 우리가 도착과 동시에 먹을 수 있도록 음식을 준비해서 기다리는 것이 아닌가 함께 캠핑을 가려했는데 내 상태를 듣고는 먼 거리는 어렵겠다 생각되어 이곳에 자리 잡았다고 하면서 말이다. 화려하게 장식되지는 않았지만, 산짐승과 새소리만 들려오는 그곳은 마치 천국과도 같았다. 오래간만에 마음껏 웃을 수 있었다. 함께 해준 친구 부부도 너무 감사했고 아무것도 묻지 않았지만 주거니 받거니 나눈 술잔에 모든 마음

이 포함되어 있었으며 도움이 될지는 모르겠지만 힘들 때 언제든지 자기들의 캠핑카를 이용해도 되며 당분간은 시간이 충분하니 부르면 어디에 있든지 달려오겠다고 덧붙여 줬다. 얼마나 감사한 말이던지 내가 필요할 때 함께 해주겠다는 말이 이토록 감동적인 말이었다니 그 말을 듣는 순간 눈물이 그렁그렁해졌다.

그 이후로도 친구 부부는 한동안 멀리 떠나지 않거나 가더라도 주말엔 돌아와 우리와 가까운 곳에서 물소리와 단풍을 벗 삼아 함께 해주었다. 이런 친구들이 주위에 있었다니 그동안엔 왜 이렇게 좋은 사람들이 옆에 있다는 것을 생각 못 하고 있었을까? 친구들이 있었는데 왜 난 혼자 아파했었던가. 바보스러운 내 옆에 현명하고 좋은 사람들이 있었음을 깨닫는 시간이었다.

이제라도 알게 되었으니 난 얼마나 행운아인가…….

어느 날 퇴근 후 강의를 들으려고 외출하려는데 작은 아이가 나를 불러 세우면서 “바빠도 엄마가 좋아할 만한 것이 있으니 이거 한번 보고 다녀와”라고 하는 것이 아닌가.

영상은 강아지의 귀여운 재롱이었는데 평범하였지만 얼마나 나를 위해 고심하면서 찾아냈을까 하는 그 마음이 고귀해서 크게 웃어주었다. 자기 방에 앉아 우리의 대화를 듣고 나의 상태를 알았든지 내색하지 않았지만, 엄마를 어떻게 하면 웃게 만들 수 있을지 고민해 왔던 모양이다.

“고마워, 사랑해 ”하면서 서둘러 외출하는데 얼굴에 미소가 떠나질 않았다.

아이가 보여준 마음이 너무나 기특하고, 감사함이 컸기에 며칠간은 아픈 마음도 잊고 많은 일들을 할 수가 있었다.

남편은 지속해서 내가 좋아할 만한 일을 찾아서 함께 하려 노력해 주었고 아이는 나와 강아지를 데리고 가깝지만, 좋은 곳에 자주 데려가 주었다. 가족의 따스함은 큰 힘과 위안이 되어주었다. 이젠 약에 의존하지 않고도 점점 통증의 강도나 빈도가 약해져 갔고 해결하려는 노력도 좋지만, 내려놓는 연습이 더 필요하다고 생각되어 점점 고민과 문제점에 대해 가지치기를 시작하기로 하였다.

회피하는 것 같기도 했지만 오해가 풀릴 것 같지 않은 일은 생각에서 접어버렸다. 오랫동안 끌고 가기엔 도저히 어찌할 도리가 없었고 이것은 혼자 풀어낼 수 있는 문제가 아니라 상대의 문제이기도 하다고 판단하니 점점 마음이 편안해져 왔다.

그러던 어느 날,기다리던 지인에게서 연락이 왔다. 나의 이야기를 전해 들었는데 제발 자기 때문이 아니었길 바랐다고 내심 크게 걱정하는 눈치였다. 우린 오래간만에 연락을 주고받으며 오해했던 부분에 대하여 천천히 조금씩 이야기 나누며 해결의 실마리를 찾아 나갔다. 우리 둘은 각자의 성격 중 같은 점이 매우 많다는 것을 새삼 되짚어 보게 되었다. 대화하면서도 서로 굽히려 들지 않았지만, 그 밖의 것들을 공감해 주면서 배려로 인해 벌어진 일이었다는 것을 알게 되었다.

이번 일에 대해서는 다시 논하지 않기로 깔끔하게 마무리하고 전처럼 좋은 친구로 관계 회복에 성공했다. 오해가 풀리고 나니 우린 시간 가는 줄 모르고 그동안 못다 나눴던 이야기꽃을 피워갔다. 몇 달이 걸렸을 정도로 마음 풀기가 쉽지 않았지만 서로의 소중함을 느끼며 돈독한 관계가 다시 형성되었다. 하나둘 개인적인 일들이 해결되면서 직장에서의 나도 안정되어 갔다. 단둘이 근무하게 된 사무실이었지만 생각이 깊고 상냥한 동료는 점점 더 업무에 철저하고 유능하게 일 처리를 해주었고 덕분에 호흡까지 잘 맞아 몸만 조금 더 분주할 뿐 별다른 어려움을 느끼지 못하여 마음은 여럿이 있을 때 보다 훨씬 홀가분해지기까지 하였다. 든든한 동료 덕분에 아침마다 감사함을 갖고 출근한다.

이렇게 점점 치유되고 있는가 보다.

새로운 길

코로나가 우리를 많은 일상의 자유로움에서 가둬두었을 때 취득해둔 디지털튜터라는 자격증으로 새로운 직업에 문이 열리는 일이 생겼다. 그 당시 몇몇이 모여 동아리를 결성하고, 사업자 등록을 만들고 각자의 위치에서 미래에 벌어질 어떤 가능성에 대해 노력할 즈음 한 기관에서 강의 요청이 들어왔다. 공모사업을 위해 노력한 멤버들의 고생이 컸는데 기대보다 일찍 찾아온 기회에 뛸 듯이 기뻤지만 난 직장인이었기에 필요시 보조강사 역할을 해주면 되겠거니 하면서 응원하는 정도로 지냈다.

그러던 어느 날 강의를 하기로 했던 멤버가 장기간 해외에 나가야 할 일이 생겨 참여를 못 하게 되었다는 연락을 해왔다. 초비상사태였다. 우린 강의 경험도 없었거니와 준비도 덜 되었고 난 직장인이기에 할 수 없고 다른 멤버들이 하게 되길 바랐지만 이미 정해진 일정으로 불가능하다는 말만 되풀이하였다.

며칠 남지 않았는데 이러다간 어렵게 따낸 사업을 망치게 될 수 있다고 생각되어 고심 끝에 방법을 찾은 결과 겸직 허가를 맡아 강의하면 좋겠다는 결론을 내렸다. 서둘러 겸직 허가를 맡고, 그동안 내가 준비해 왔던 많은 경험을 살려 강의안을 작성했다. 나에게 이런 길이 열리려고 수강 시에 강사님들의 행동 하나하나가 눈에 들어왔었나 보다. 그렇지만 마냥 기뻐할 수많은 없는 상황이었고 학습자들의 수준 또한 알 수 없었기에 담당자에게 연락을 취해보니 신청자들 대부분이 시니어이며 지식수준은 알 수 없다는 답변이었다. 그래서 난 기초과정과, 중간 과정 두 개의 안을 준비해서 강의장으로 향했다.

강의 첫날, 첫 수업이다. 드디어 내가 일반인을 대상으로 강의하게 되다니 설렘 반 긴장 반으로 준비된 강의안을 가지고 한 시간 일찍 강의장에 도착하였다. 이미 두 차례 답사하면서 시설과 기자재 또한 검토하였었지만, 행여나 하는 맘에 현장에서 나의 강의안이 잘 열리는지 책상 배열은 괜찮은지 등을 재차 확인하였다. 강의실은 나의 마음을 대변하는 듯 창으로 들어오는 찬란한 햇빛까지 더해져 환경은 매우 만족스러웠다. 드디어 내가 축적해 왔던 것들을 세상 밖으로 선보일 시간이 된 것이다.

첫 수업에 난 어떤 인상으로 시작을 하고 어떤 결과를 남기게 될 것인가. 팀장님이 나를 어떻게 소개했으면 좋겠는지 물어왔을 때 난 내 이름 석 자만으로 시작하고 싶다 하여 간단한 소개로 인사를 했는데 여기저기서 야유 같은 것이 작게 들려오면서 학습자들은 뭐 배울 것이 있겠느냐는 눈빛으로 수업에 임하는 것이 보였다. 시작부터 나의 기운을 앗아가는 느낌이었고 소개를 간단하게 한다는 것은 결코 좋은 일이 아니었으며 그것은 매우 큰 실수였다.

그러나 수업하면서 작지만 여러 각도로 다져진 나의 기량이 조금씩 발휘되었다. 시니어 학습자들은 잠시도 눈을 돌리지 못하고 열심히 따라와 주었는데 그 모습에 나도 강의에 몰입도가 높아지면서 어깨가 올라가고 있음을 느끼게 되었다.

한 사람 한 사람 쏟아지는 질문에 답해주고, 바로 습득해서 사용 가능하게 만들어 주니 호응도 좋고 만족해하는 모습에 절로 힘이 났다. 주어진 수업 시간이 다한 줄도 모른 채 진행할 정도로 열띤 시간이었다. 수업이 끝났으나 질문은 멈추지 않았고 모든 궁금증을 해결해 주고서야 강의는 끝이 났다.

오늘 첫 수업이 어땠느냐는 질문에 이런 답을 주셨다.

"강사의 높은 수준에 의해 이끌려 가기 바쁜 강의가 아니라 학습자의 눈높이에 맞춰서 해주니 따라 하기가 수월했다는 말씀을 해주셨다." 기쁨을 감출 수 없었다. 학습자님들은 배우고자 하는 열망이 매우 높으신 분들이었다. 어떤 분은 내가 답변을 주면 영어 단어로 표기를 하셨고. 외국어 실력은 나보다 훨씬 높으신 분들이며 지식수준도 가늠할 수 없을 정도로 훌륭하신 분 들 이어서 더 긴장하게 하고 섣부른 지식으론 통하지 않겠음을 알았다.

수업을 마치고 나는 기쁜 마음에 한달음에 집으로 달려와 가족들에게 이 소식을 전해 주었는데 맥주 한잔을 앞에 놓고 털어 내는 나의 무용담에 해낼 줄 알았다는 가족들의 격려와 함께 기뻐해 주는 모습에 나의 새로운 가능성을 엿볼 수 있는 계기가 되었다.

이미 내 머릿속은 다음 강의는 어떤 주제로 할 것인지 '잘 모르니 알려주는 데로 따라 하겠다'고 말씀하신 어르신들이었지만 난 매 차시마다 강의 주제를 결정하는데 주력을 했다. 가장 큰 관심이 무엇일까 고심하며 나름 난이도를 높이며 강의안을 계획하기에 이르렀다. 학습자님들은 매 수업 시간에서 알게 되는 것들에 놀라움을 금치 못하시고 당신들 주변에 이런 것을 아는 사람들이 전혀 없다면서 먼저 배운 자의 여유를 만끽하며 즐거워하셨다. 그 모습을 보며 내가 타인에게 지식 전달로서 기쁨을 주는 사람이라는 것에 자긍심이 우러났다. 7개월간의 강의는 끝이 났다,

나의 가능성과 부족한 점을 알게 되는 유익하고 행복한 시간이었다. 그동안 노력했던 것이 조금씩 결실로 나타나기 시작하기도 하였다. 난 이제부터 지식전달자로서 살아가고자 한다.

새로움을 향해 가는 나에게 용기를 심어주는 지지자들과 함께 첫걸음을 내딛는 순간이 성큼 다가왔다. 지금까지는 주어진 일을 수동적으로 해왔다면 강사로서의 길은 스스로 수요자를 찾아야 하고 또 교육을 위하여 지금보다 더 깊이 있게 공부해야 하는 날들이겠지만, 난 할 수 있다는 용기로 멈추지 않고 해 보련다.

이젠 정말 출근해야 하는 날이 시간으로도 금방 계산이 될 만큼 며칠 남지 않았다.

보는 사람마다 물어온다. 지금 심정이 어떠냐고……

난 미소를 머금으며 이렇게 말한다.

난 두려움이 아닌 희망으로 미래를 맞이할 준비를 마쳤다.

난 다시 사회 초년생이 된 기분이다.

그러나 막막하지 않다. 좋아하는 일을 찾았기 때문이다.

힘찬 발걸음으로 다시 시작하는 사람이 되었다고.

오늘따라 유난하게 빛나는 태양이 출근길을 비추었다.

나의 발걸음도 덩달아 가벼워진다.

새 날이 열리고 있다.

나는 쓰는 대로 이루어진다

박민하

박민하

사회로부터 결정된 인생이 아닌, 스스로 만든 주체적 라이프 스타일을
가진 사람.
교육사업가.
많은 사람들이 책을 쓰고 작가가 되어
변화된 삶을 누릴 수 있도록 돕고 있다.

STM창의교육연구소 대표
꿈을 이루는 글쓰기 꿈이글 대표
책쓰기 코치
인스타그램 @minha.dots___y
블로그 https://blog.naver.com/minhassam

내가 글을 써도 될까?

아마, 글쓰기를 하기로 작정한 사람이라면 누구나 이런 생각을 했을 것이다.

"내가 글을 써도 될까?"

나도 그랬다. 사회적으로 성공한 사람이 책을 쓰고 글을 쓰는 것 아닐까?라고 의심하고 단정 지었다. 그러던 내가 글을 쓰게 된 이유는, 몇 년 전 활동하는 커뮤니티에서, 옛날이야기를 연재하면서부터였다. 잊히지 않는 과거를 기록해야만 해야 할 것 같았다. 글을 연재하자 차츰 독자들이 생겨났고, 내 글을 기다려주기 시작했다.

지금 다시 보면, 정말 부족해서, 숨고 싶다. 그래도 서툰 글이었지만 진심이 담긴 글이었기에 좋아해 주신 게 아닐까 생각한다. 정말 부끄럽지만 박완서 작가님, 공지영작가님 다음으로 나를 좋아한다는 팬도 있었다.

세상이 당신의 이야기를 필요로 하지 않는다고 느낄지도 모르지만, 전혀 그렇지 않다. 당신이 목소리를 내지 못할 이유가 없다. 당신의 이야기, 당신의 삶, 당신의 경험은 독특하다. 왜냐면 아무도 당신과 똑같은 삶을 살아본 적이 없기 때문이다. 단 한 사람도 말이다. 내가 나의 경험을 그냥 올렸을 뿐인데, 독자들은 같이 아파하고, 기뻐하고, 눈물 흘려주었다.

너무 흔한 이야기가 아니냐고 생각할지도 모른다. 비슷한 사람이 있을 순 있지만, 완전히 똑같은 삶을 살 수는 없다. 그러니 글을 써도 된다. 우리가 살아가는 매 순간이 누군가에게 영향을 줄 수 있는 기회다. 누군가와 대화를 하는 것은 감정을 전달하는 것이다. 커피숍에서 친구들과 두 시 시간이고 세 시간이고 떠들어본 적이 있는가? 전화통화를 한 시간 넘게 하면서 시간이 훌쩍 지나가 버린 경험을 했는가? 독자와 이야기를 한다고 생각한다면 쉽다. 언제 어디에 있건 글쓰기를 하는 것이 곧 영향을 미치는 일이다. 그냥 감정을 전달했을 뿐인데 독자는 공감한다. 처음 말하기를 배운 것처럼, 어쩌면 이야기는 애초에 인간의 궁극적인 목적인지도 모르겠다.

글을 쓰다 보면, 진정으로 원하는 방향과 답을 찾을 수 있다. 그냥 글을 썼을 뿐인데, 문제를 발견하고 해결책을 찾게 된다. 내 무의식적인 생각들과 미처 내가 몰랐던 나의 모습을 발견하는 것은 때론 놀랍고 신기한 일이다. 내가 원하는 그것과 나의 경험을 한 바닥 쏟아내고 나면, 속 시원함을 느낀다.

지금은 브런치스토리라는 플랫폼에 그을 연재하고 있다. 브런치스토리는 작가 심사에 통과해야 글을 쓸 수 있는 플랫폼이다. 나의 경험을 녹여서 한 달이나 두 달에 한 번 브런치스토리 작가되기 무료특강을 하고 있다. 그로 인해 많은 브런치스토리 작가가 탄생하였고, 책을 낸 사람도 있다.

어쩌면 그 시작점은, 5년 전 내가 내 이야기를 연재하기로 마음먹었을 때부터였을지도 모른다.

당신을 붙잡고 있는 것은 쓸데없는 질문들이다.

그냥 쓰자. 용기를 내자.

그저 쓰기만 하면 쓰는 대로 이루어진 미래의 당신을 만나는 것은 시간문제다.

이런 것도 글이 되다니

최근 문정희 시인의 '키 큰 남자를 보면'이라는 시를 읽었다. 애처로운 누군가는 괜히 억울할 수도 있겠단 생각이 든다. 뜬금없이 키가 작다는 의문의 일패를 당한 남성의 기분이 그리 좋지 않을 듯하다. 특히 평소 작은 키에 대한 콤플렉스를 가지고 있는 사람들은 더욱 그럴 것이다. 유독 내 주변엔 키 큰 남자는 별로 없다.

그러나 이 시에서 말하는 '키 큰 남자'는 마음이 큰 사람을 뜻하기도 한다. 문정희 시인의 '키 큰 남자를 보면'이라는 시는 참 앙큼상큼하다. 키 큰 남자가 좋다는 여자들의 내면을 잘도 꿰뚫었다. 키 큰 남자를 보면 팔에 매달리고 싶다는 표현은 어릴 적 오빠에 대한 기억과 맞물려 보통의 수준보다 키 큰 사람이 아닌, 어린 시인에게 오빠처럼 커 보이는 키 큰 남자에 대한 동심의 마음을 대변한다. 눈썹을 만져보고 싶다면 필히 눈썹의 숱이 많아야 한다. 그냥 만지는 것이 아니고 펄럭이는 눈썹을 바람에 나부끼는 은사시나무에 올라가서 만져보고 싶다는 표현을 했다. 아름다운 벌레처럼 꿈틀거리는 눈썹이라면 키도 큰 데다가 얼굴도 잘 생겼을 것 같은, 환장하는 독백의 탄성과 환상의 나라가 펼쳐진다.

마지막 줄 누에처럼 긴 잠들고 싶다에서 끝났다. 이건 그냥 키가 커서 좋다는 뜻이다. 아무리 어릴 적 추억을 갖다가 무마해보려고 해도, 키 큰 남자를 좋아하고 의지하고 싶은 내 마음을 까발려버렸다. 남몰래 숨겨왔던 마음을 들켜버린 듯 묘한 기분이 든다. 외모 같은 거는 안 보고 마음을 본다고 큰소리쳤던 철없는 시절의 절규가 의미

없다. 키 큰 미남 영화배우를 제일 좋아하면서 사람은 내면이 중요하다고 허세를 부렸다.

내 친구는 보험을 들 때 노련한 여성판매원의 설명을 두 시간이나 듣고 결국 키 크고 잘생긴 남성 보험설계사와 계약했다. 굳이 변명을 해보자면 남자도 결국은 여자의 외모를 보지 않는가? 얼굴만 이쁘고 대학생활은 성실하지 못했던 친구가 취직도 제일 먼저 하고 시집도 제일 잘 갔다는 소싯적 가십거리들을 애써 들이밀어본다. 여고 시절 얼굴이 예쁜 아이가 학교에서도 제일 주목을 받았다. 예쁜 여자는 남녀노소 다 좋아한다. 그러니 키 큰 남자를 좋아하는 게 뭐 어떤가?

남편에게 시를 읽어주었다. 남편의 생각이 궁금했기 때문이다. 남편은 이렇게 말했다. “내 키가 180cm가 넘었으면 당신을 어떻게 만났겠어?” 여태껏 남편에게 들어왔던 멘트지만 내가 조금 더 손해 보는 기분이다.

내 키가 작은 편이라 우리는 딱 보기가 좋다. 우리는 서로 분수에 맞게 만났다. 남편에게 키가 크다는 것은 단지 키만 큰 것이 아니고, 지금 보다 더 나은 모든 것들이란 것이 포함되어 있는 듯하다. 때로는 남편의 주책없는 한 마디 한 마디가 얄미울 때가 많다.

수풀처럼 휘날리는 남편의 눈썹 숱을 10년째 다듬어주고 있으면서도 글 한번 쓰지 않았던 어리석음을 자책해 본다. 이 시를 읽고 가끔 딴생각해도 된다고 허락을 받은 것 같은 느낌이다. 문정희 시인의 시는 정말 솔직하다. 시를 쓰려면 이렇게 까지 써도 되는 것인가 놀라기도 한다. 글 쓰는 입장에서는 시인의 그런 솔직함이 얄밉지 않고 부럽다. 까발려지니 오히려 시원하고 상쾌하기까지 한 기분이

든다.

그렇게 한번 웃자고 글을 쓰는 것인가 보다.

그래서 이런 것도 글이 되는가 보다.

인생 후반전 천하무적을 꿈꾼다

어렸을 때 틈만 나면 오목놀이를 했다. 온 동네 조무랭이 들을 적수 삼아 바둑돌로 천하무적을 꿈꾸었다. 학교에서는 연습장에 네모칸을 그리고 정성스러운 동그라미를 그려가며 쉬는 시간마다 오목경기를 펼쳤다.

오목은 참 단순했다. 단순히 5개의 줄을 이어가기만 하면 승리한다. 더 많은 반격을 하기 위해서 가운데에 돌을 놓고 함정에 빠지길 기다리면 여지없이 거미줄에 걸려들었다. 일부러 먼 곳에 자리를 잡고 상대를 교란시키기도 했다. 열심히 공격하고 방어하다 보면 한 수 앞을 보는 능력도 생겼다. 상대가 5줄을 만들기 전 바둑알이 연속 세 개 이상 놓였을 때부터는 초긴장한 상태에서 적재적소에 상대의 공격을 받아쳐야 한다.

그러던 어느 날 세 개의 바둑돌이 두 방향으로 연결된 33 규칙이 금수인걸 알았을 땐 여간 실망스러운 것이 아니었다. 내가 주로 이긴 방법이 33 권법이었는데 마치 전쟁터에서 가장 좋은 무기 하나를 잃은 것 같았다.

인생에서도 그런 순간이 온다. 가장 좋은 무기가 무용지물이 되는 순간이 말이다. 결혼과 육아 후 경력 단절을 겪었을 때 내 인생에 더 이상 33 규칙이 적용되지 않는다는 것을 알았다. 결혼 전의 경력은 너무 오래되어서 사회에서 인정되지 않았다. 아이를 키우며 학사학위를 두 개나 더 따고 자격증을 땄지만 정작 돈을 벌 때 사용할 수 없는 것들이었다. 아무리 갈고닦은 실력이 있어도 사회에서는 이미 경력단절과 나이제한에 걸렸다. 운 좋게 초등학교 방과 후 수학강사로 취업했지만 그나마도 방학에는 일이 없었다. 심지어 담당선생님의 서류처리가 늦어져 월급이 일주일 늦어지는 경우도 있었다.

오목에서 붙어있는 33은 안되지만, 떨어진 33은 된다. 한 줄에 세 개가 붙어 있어도 옆줄에는 한 칸이 비어 있다면, 금수가 아니다. 의도적으로 떨어진 33을 만들거나 43을 만들면 전략적으로 이길 수 있다. 누구나 인생의 전략을 새롭게 세워야 할 때가 온다. 상대의 공격을 막을 때는 가능한 근처에 두어야 역공할 수 있는 기회가 오는 것이다. 멀리 두면 공격을 막기가 힘들다. 오목은 단순하지만 조금이라도 방심하면 한수에 밀려 패배할 수 있다.

내가 43 전략을 만든 방법은 바로 창업이었다. 누군가에게 허락을 받아야 일을 할 수 있다면 불리하겠지만, 내가 사장이 되면 판은 달라진다. 16평 월세아파트에서 거실에 있는 TV와 소파를 과감히 치우고 책상을 놓았다. 현관에는 교육청에서 허가받은 개인과외교습자 간판을 붙였다. 처음부터 난관에 부딪혔다. 아파트 관리사무소에서는 법을 운운하며 집에서 교습을 하지 말라고 했다. 어쩔 수 없었다. 내가 내일을 하는 것마저 법의 판단 앞에 서야 한다면 판사님께 사정이라도 해보려고 했다. “내가 과외를 하는 사람인데 집에서 과외를 하지 말라면 어디서 돈을 벌 수 있을까요?”라고 말이다. 오목에서 부지런히 공격해야 이기는 것처럼 상대가 공격해 온다고 주눅 들지 말고 어떻게든 방어를 해내야 한다.

일을 하기 위해 아이들 종일반 신청을 하러 동사무소에 갔을 때는 진짜 사업하시는 것이 맞냐며 사진을 찍으러 온다고 했다. 종일반 신청을 위해서 없는 사업장도 만들어 서류를 낸다는 사람들이 있다고 들었다. 막상 내가 일을 시작하기도 전에 의심받는 처지가 되니 세상이 결코 녹록지 않음을 뼈저리게 느꼈다.

개인 사업은 내가 부지런히 움직여도 보장된 수입이 없었다. 그렇다고 가만히 있을 수는 없다. 공부방 수업이 없을 때는 계단을 오르내리며 전단지를 돌리고 수업연구에 몰두했다. 5줄만 만들면 승리한다는 단순한 진리가 인생에서도 통하면 얼마나 좋을까? 전단지 100장을 붙이면 학생 한 명이 등록한다는 것과 같은 고귀한 진리. 월급을 받지 않는 것이 아니라 내가 성과를 낸 대로 수입이 들어오다 보니 한 순간이라도 방심하면 패배한다. 나만의 전략을 세운 후 하나 둘 학생들이 채워지고 새 아파트로 이사도 했다.

앞으로 인간의 수명이 120세까지 라고 하니 나는 어쩌면 중간도 못 왔을지 모르지만 이제 인생 후반전을 향해 달려가고 있다. 또다시 열심히 갈고닦았던 나만의 전략이 코로나라는 직격탄을 맞아 이미 구식이 되어버렸다. 학생들은 집중할 수 있는 시간이 예전에 비해 많이 줄어든 것이 눈에 띄고, 온갖 미디어에 노출된 모습을 보인다. 오목에서 선공과 후공이 오가듯 인생에서는 다양한 선택의 순간이 있다. 그때마다 자신만의 무적수를 만들며 준비한다면 반드시 역공의 순간이 올 것이다.

오목을 하자고 조르는 아이들의 모습에서 어린 시절 천하무적이 되어 온 동네에서 적수를 찾아 헤매던 나의 모습이 떠오른다. 응전의 태세를 갖추고 오늘도 바둑판을 펼친다.

글쓰기를 위한 팁 : 좋은 글의 조건

명료성은 글쓰기의 첫 번째 목표다

하고 싶은 말을 분명히 해야 한다. 전달하려는 내용이 명확하지 않으면 명확하게 작성할 수 없다. 많은 사람들이 뭘 써야 할지 모르겠다고 묻곤 한다. 그 질문에 대한 대답은 자신 안에서 찾아야 한다. 글의 시작은 자신만이 할 수 있기 때문이다.

기사든 이야기든 모든 글은 특정 청중을 위한 것이다. 작가라면 누구를 위해 글을 쓰는지 알아야 한다. 청중이 무엇을 알고 싶어 할까? 정보를 쉽게 이해할 수 있도록 어떻게 설명할 수 있을까? 주제를 아는 사람에게 설명하듯이 작성해 보라. 한 사람을 염두에 두고 작성된 기사는 일반 독자를 위해 작성된 기사보다 좋다.

명료성을 위한 글쓰기 방법은 간결한 문장을 사용하는 것이다. 글이 너무 복잡하면 독자가 이해하기 어려워진다. 간결하고 직관적인 문장을 사용하여 읽는 사람들이 이해하기 쉬운 글을 작성하는 것이 좋다. 또한 단순하게 표현하는 것이 중요하다. 글에서 사용하는 언어나 용어는 독자가 이해하기 쉬운 것이 좋다. 따라서, 복잡한 용어나 어려운 단어를 사용하는 것보다 단순하고 명확한 용어와 문장을 사용하여 표현하는 것이 좋다.

문장 구조를 다양하게 사용하는 것도 글쓰기의 한 방법이다. 글에서 반복되는 문장 구조는 독자가 지루해하고 이해하기 어렵게 만든다. 따라서, 다양한 문장 구조를 사용하여 글의 흐름을 잘 표현할 수 있도록 노력해야 한다.

예시나 그림 등을 활용해도 된다. 글에서는 예시나 그림 등을 사용하여 독자가 이해하기 쉽게 만들어줄 수 있다. 글쓰기는 항상 독자의 관점에서 작성해야 한다. 독자가 이해하기 쉽고 흥미로운 글을 작성하여, 명료성을 높일 수 있다.

깨끗함의 미덕

구두로 의사 소통할 때는 어색한 문장과 바디 랭귀지를 사용할 수 있다. 간단한 의사소통의 경우 돌려서 말해도 이해하는 데는 문제가 없다. 그러나 글을 쓸 때 사용할 수 있는 유일한 도구는 문장이다. 그것들을 잘 사용하는 법을 배워야 한다. 이해하기 쉬운 문장을 작성해야 한다. 그리고 문법적으로 올바른 문장을 쓰면 좋은 문장이 된다.

간결한 것이 좋은 작가가 되는 것이다.

좋은 글은 간결하다. 글을 작성한 후 바로 퇴고를 하면 오타나 문법적인 실수를 놓치기 쉽다. 따라서, 일정 시간이 지난 후에 검토하는 것이 좋다. 글에서 발생하는 문법적인 실수나 맞춤법적인 오류를 찾아 수정하는 것이 중요하다. 글의 논리적인 구성이 일관되고 각 항목이 서로 관련되어 있는지 확인해야 한다. 논리적인 구성을 검토하여 불필요한 내용이나 중복된 내용을 제거하고, 글의 흐름이 일관되도록 수정해야 한다. 글에서 사용하는 용어나 문장의 표현이 명확하게 전달되도록 검토해야 한다. 어색한 표현이나 모호한 표현을 수정하여 독자가 이해하기 쉬운 글을 만들어야 한다.

글의 일관성은 독자에게 글을 읽는 데 큰 영향을 미친다. 따라서, 단어나 표현, 문장 구조 등에서 일관성을 유지하여 글의 통일성을 유지해야 한다. 다른 사람이 내가 작성한 글을 검토해 준다면, 실수를 놓치지 않고 좀 더 전문적인 퇴고가 가능하다.

설득력 있는 글

좋은 글은 논거를 제시한다. 당신의 글을 통해 당신은 당신의 관점에 영향을 미치거나, 증명하거나, 공유하려고 한다. 주장이 설득력이 있기 위해서는 목표 독자를 정확히 파악하는 것이 중요하다. 목표독자의 관심사가 무엇인지 필요성이 무엇인지 목표독자의 생각과 태도를 파악하고 이것을 토대로 논리적으로 글을 작성해야 한다.

좋은 글은 작가가 자신의 메시지를 명확하게 전달할 수 있어야 한다. 좋은 글은 깨끗하고 읽기 쉽고 문법적으로 정확한다. 좋은 글은 간결하며, 이를 달성하려면 여러 번 수정해야 한다. 좋은 글은 설득력 있는 논거를 제시한다. 좋은 품질의 다이아몬드처럼 좋은 글은 모든 독자의 눈에 경외감을 불러일으킨다. 그리고 좋은 다이아몬드와 마찬가지로 좋은 글은 실현되기까지 오랜 시간과 많은 압력이 필요하다.

명확하고, 깨끗하고, 간결하고, 설득력 있는 이 4가지에 집중하면 소중한 글이 될 것이다.